I0635439

RÉVÉLATIONS POLITIQUES.

LES TROIS VICTIMES.

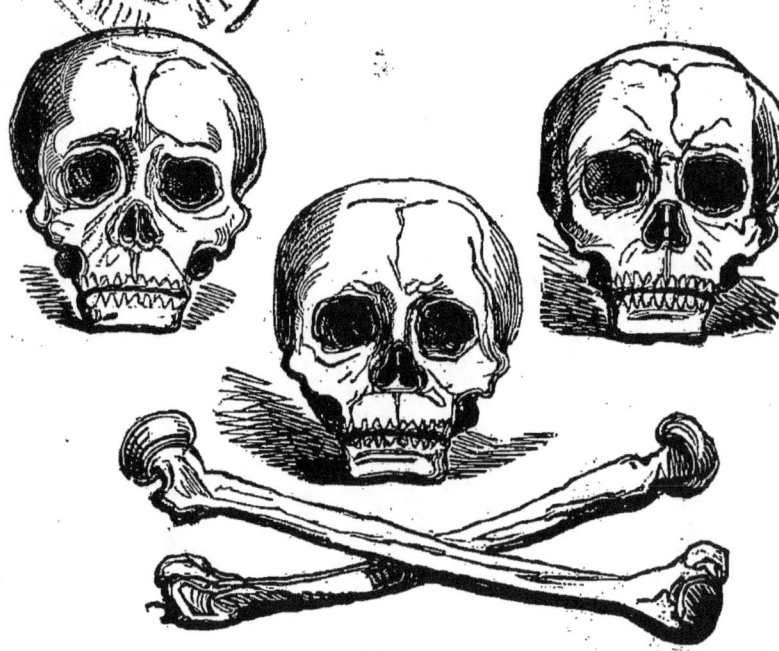

PAR

LE COMTE DE WILLBROD.

Londres :

IMPRIMERIE DE J. HORNE, RATHBONE PLACE,
ookbinder. T.

1847.

INTRODUCTION.

Quelles ont été les causes de la Conspiration qui vint échouer sous les murs de Grenoble dans la nuit du 4 au 5 mai 1816 ?

Quel était le but réel de cette Conspiration ?

Quels en furent les instigateurs et les complices ?

Le nom glorieux de Napoléon, inscrit sur le drapeau autour duquel Paul Didier ralliait les mécontents, était-il bien le nom qui eût été proclamé après le succès ?

La dynastie impériale était-elle le dernier mot de Paul Didier ?

Quelle part de responsabilité revient à chacun des personnages qui furent acteurs dans ce drame, ou se cachèrent derrière le rideau ; qui prirent part à la Conspiration, ou bien la réprimèrent ?

Telles sont les importantes questions qui, malgré trente années de discussions et de récriminations ardentes dans la presse, à la tribune des deux chambres et jusques dans le sanctuaire de la justice, restent cependant encore à résoudre pour l'histoire.

Ces ténèbres, cette incertitude, ce doute qui ont enveloppé la Conspiration de Grenoble, ce quelque chose d'étrange qui s'est attaché à tous ceux qui ont trempé dans cette affaire ; ce complot tramé à ciel ouvert avec toutes les apparences de la sécurité ; cette répression violente, rigoureuse, inhumaine, qui, peut-être, indiquait chez les agents du pouvoir des craintes et des terreurs secrètes, en désaccord avec leur imprévoyance de la veille, leur tolérance passée ; ces demi-mots, ces réticences, ces aveux recueillis au pied de l'échafaud, ou échappés à un ministre du roi ; ces accusations terribles que se sont renvoyées pendant quinze ans, et que s'adressent encore aujourd'hui ceux qui, sans trêve et sans merci, firent marcher les conspirateurs à la mort ; cette heureuse fatalité qui a protégé, après 1830, tous les instigateurs avoués ou secrets des troubles de 1816 ; ces révélations promises sans cesse et toujours ajournées :

Tout cela, impénétrable, inexpliqué, a contribué à faire de Paul Didier un des hommes les plus célèbres de nos dissensions politiques modernes, et, du complot auquel il donna son nom, un des événements les plus graves et les plus mystérieux de la Restauration.

Plusieurs fois annoncée, l'histoire de la Conspiration de 1816 n'a jamais été écrite. Quelques scènes de ce drame terrible, quelques ébauches de ce sanglant récit sont bien tombées, çà et là, d'une plume ignorante ou intéressée ; mais rien de complet n'a été publié. Seuls, deux écrivains avaient promis une histoire de la Conspiration de Didier : une mort prématurée a empêché le premier de tenir sa parole, et le silence obstiné du second n'est pas une des étrangetés les moins curieuses que cette affaire a traînées après elle.

L'histoire que nous allons écrire est donc une histoire aussi récente, aussi nouvelle que si l'événement, qui en fait le sujet, se fût passé hier. Bien que le fait principal soit déjà loin de nous, les circonstances qui l'ont précédé, celles qui l'ont suivi sont encore inconnues ou mal expliquées. Le caractère, les idées, les principes de l'homme qui fut le héros malheureux de cette affaire ont été défigurés, travestis à plaisir, ou même tout simplement passés sous silence. Pour la majorité du monde politique, la Conspiration de 1816 a été l'acte isolé d'un homme égaré par le ressentiment ou par l'ambition, d'un vieillard insensé qui manqua son coup, entraînant avec lui une trentaine de malheureux perdus à sa suite. Cet insensé, d'où venait-il ? où allait-il ? qui pourrait le dire ? Agissait-il seul ou obéissait-il à une impulsion étrangère ? On l'ignore encore. Que de personnes même pour qui la nuit du 4 mai se résume tout entière dans la sanglante expiation qui livra sans pitié de pauvres montagnards, des enfants de seize ans au bourreau et à la justice des conseils de guerre ?

Ajoutant une erreur nouvelle à tant d'autres erreurs accumulées dans ses annales, l'histoire de nos révolutions politiques pouvait-elle accepter le récit de la Conspiration de 1816, tel qu'il a été présenté jusqu'à ce jour ? Non. Les tentatives nombreuses faites depuis bien des années pour pénétrer les côtés mystérieux de l'insurrection que Didier paya de sa tête, établiraient sans autres preuves la vérité de cette assertion.

Avant donc que le souvenir de la trop fameuse nuit du 4 mai soit effacé, avant que les hommes de cette époque aient disparu de la scène politique, nous avons voulu fouiller dans les profondeurs ténébreuses de cette affaire, sans haine, sans passion, sans arrière-pensée, animé du seul désir de connaître la vérité, pour la dire telle que nous l'aurions apprise. Nous avons interrogé, confronté ceux qui prirent part au complot et quelques-uns de ceux qui l'étouffèrent ; nous avons arraché à la poussière et à l'oubli les notes, les manuscrits, les correspondances, archives secrètes des familles, toutes les brochures, tous les articles de journaux, toutes les pages accusatrices ou justificatives, tous les lambeaux de discussions qui, depuis 1816, ont été livrés à la publicité, en mémoire de Paul Didier ; et, c'est avec ces documents précieux, inconnus, ignorés pour la plupart; c'est avec les aveux de quelques-uns, les indiscrétions et les souvenirs de tous, que nous avons écrit l'histoire de la Conspiration de 1816, pour laquelle l'heure des révélations et de la vérité a sonné depuis longtemps.*

* *L'histoire de la Vendée militaire ; — Louis-Philippe et la contre-révolution de 1830, par M. Sarrans ;—Les Mémoires de Peuchet, ancien archiviste de la police de France ;— et surtout l'excellente Histoire de la Conspiration de 1816, par M. A. Ducoin ; Tels sont les ouvrages qui nous ont fourni nos principaux documents.*

PAUL DIDIER.

———◆———

PAUL DIDIER est né, en 1758, à Upie, petite
ville de la Drôme. Elevé comme une grande partie de la jeunesse d'alors par un curé de campagne, Didier a plusieurs fois prouvé dans le cours
de sa vie, que des sentiments monarchiques et
religieux, bases de son éducation première, avaient
laissé dans son âme une impression profonde.
Ses contemporains se rappellent encore les succès
qu'il obtint devant le parlement de Grenoble, au
barreau, où il apportait une imagination vive, un
esprit actif, un amour immense des affaires et du
mouvement; et lorsque les premiers bruits de la
Révolution se firent entendre, Didier, comme tous
les esprits généreux, ne fut pas le dernier à saluer

l'aurore d'un jour qui devait, proclamait-on, chan-
ger la face de la France, faire disparaître de nombreux abus, et cicatriser enfin les plaies encore
saignantes de l'agiotage et du déficit.

Didier suivit donc le flot qui entraînait la
France vers les idées nouvelles et un besoin immense de régénération, jusqu'au moment où les
excès du 10 août dessillèrent les yeux à tous ceux
qui cherchaient dans l'ère révolutionnaire autre
chose que la satisfaction de leur ambition, ou la
réalisation de rêves impossibles.

Plus tard, à une époque où le courage était rare,
la saine appréciation des idées politiques plus rare
encore, Paul Didier compta parmi le petit nombre
de ceux qui briguèrent le périlleux honneur de
défendre Louis XVI ; — et M. Simon Didier assure que son père fit imprimer alors une protestation à la suite du testament du roi-martyr.

Dès ce jour, le rôle de Didier fut tracé par cal-
cul, par entraînement, ou par conviction. Monarchique et religieux, il prit rang à la suite de cette
pléïade, qui, sous le couteau de la Terreur, com-
battait et conspirait pour sauver la France des
malheurs dans lesquels l'entraînait la violation du
principe monarchique.

Didier était à Lyon à l'heure de l'héroïque défense de cette ville. Quand, après soixante-deux

jours de siége, Lyon changea son nom contre celui de Commune-Affranchie, la tête de Paul Didier fut mise à prix, sur les longues listes de proscription que dressèrent les représentants du peuple Gauthier, Dubois-Crancé et l'ex-comédien Collot-d'Herbois. Didier s'enfuit sous un nom supposé ; il gagna Bordeaux, puis Marseille, où il se joignit aux Fédérés du Midi, se sentant à l'aise dans les conspirations, et préludant déjà, par ses allées et venues, ses correspondances, ses relations avec les principaux meneurs royalistes, à cette fatale étude des complots et des intrigues politiques, études que, vingt ans plus tard, il devait compléter et payer de sa tête.

Didier resta cinq années environ, tantôt en Suisse, tantôt en Allemagne, tantôt à la suite de la petite cour ambulante du comte de Provence ; et lorsqu'il revint dans sa patrie, le Directoire avait remplacé la Convention ; la France comptait ses fils perdus et attendait d'un avenir meilleur la guérison des maux que la Terreur lui avait faits.

A Paris, Paul Didier se trouva bien vite en rapport avec un grand nombre de ses compatriotes qui avaient émigré comme lui. De ce nombre étaient MM. de Marcieux, Mme de la Porte, MM. de Juigné, Duboscage, du Belloy, de Pracontal, Dreux-Brézé, Mme de Quinsonnas et quelques autres. Le malheur, la communauté d'opinions rapprochaient les distances ; et Didier, reçu, fêté dans toutes ces nobles familles, ne quittait l'hôtel de Mme de Quinsonnas, que pour transporter ses brusqueries et son humeur inégale chez M. de Marcieux, ou chez M. de Juigné.

Elle est longue l'histoire des tentatives faites à cette époque pour rétablir l'unité au milieu de la France, et rappeler sur le trône la royauté de l'exil! Didier ne fut pas le dernier à apporter son tribut à la propagande royaliste, et dans l'été de 1799, il publiait une petite brochure anonyme, ayant pour titre : l'Esprit et le vœu des Français. C'était un appel direct en faveur des Bourbons.

Cette brochure fut suivie, en 1802, d'un manifeste intitulé : Du retour à la Religion ; écrit qui n'offre rien de remarquable qu'une dédicace fort louangeuse à Bonaparte.

A cette époque, Didier était déjà lié avec Montalivet, Portalis, Cambacérès, Fouché ; il s'était habilement rapproché de cette pléiade d'hommes auxquels devaient appartenir les ministères, les emplois et la haute administration ; et, désormais, tout dévoué au régime nouveau, Didier n'attendait plus qu'un mot, qu'une ordonnance pour prendre sa part dans la distribution des faveurs impériales.

Quelque temps après, un décret donné au quartier-général de Braunau, prononça l'organisation d'une école de Droit à Grenoble ; son nom brillait en tête de la liste des professeurs appelés à composer le corps enseignant de cette Faculté.

Bien que d'un caractère souple et délié, Didier avait souvent d'assez vives discussions avec ses collègues, surtout avec l'un d'eux, M. Pal : aussi, lorsqu'au commencement de 1810, celui-ci fut nommé recteur de l'académie, Didier, dont les vues ambitieuses allaient s'agrandissant tous les jours, donna-t-il sa démission.

Depuis cette époque jusqu'en 1814, le nom de Paul Didier disparaît du monde politique. La spéculation avait envahi tout entier cet esprit dévorant ; et menant de front les plus gigantesques entreprises, Didier fut bientôt réduit aux dettes et aux emprunts. Plusieurs obligations de lui, encore impayées en ce moment, portent la date de 1811 et 1812, et indiquent assez, soit par la modicité de la somme prêtée, soit par la position de la personne qui faisait le prêt, la gêne dans laquelle se trouvait celui qui avait été obligé de les souscrire.

Cependant arrivaient les dernières heures de l'Empire, désastreuses pour la France, malheureuses pour Didier, qui, en peu de temps, avait vu

s'anéantir ses entreprises, ses projets, et, avec eux
toutes les espérances de prospérité, fondées sur le
succès. Il eut alors le sort commun à la plupart
des hommes. Détourné d s idées premières et religieuses qui avaient guidé sa jeunesse, il se lança
dans des spéculations hardies, au-dessus de ses
forces et de ses moyens, perdit de vue son point
de départ, et maîtrisé par des pensées nouvelles
d'ambition, il se trouva naturellement conduit à
tout entreprendre pour réparer le désastre de sa
fortune et rétablir son avenir.

Ayant tour à tour essayé de la Révolution et de
la monarchie, des Bourbons et de Bonaparte, de
la politique et de l'industrialisme, ruiné, perdu,
mais toujours actif, toujours remuant, Didier tourna
les yeux vers une autre destinée, vers un personnage nouveau.

Dès 1789, le fils aîné de Philippe-Egalité avait
joué un rôle assez significatif pour donner des
gages sérieux à la Révolution ; d'un autre côté,
après avoir offert à la Vendée son épée et son
bras, il s'était rapproché de Louis XVIII, priant
son royal cousin de couvrir les erreurs de sa jeunesse
du voile de l'oubli : et si la Vendée avait rejeté les
offres de service du fils d'Egalité, Louis XVIII
avait su pardonner au duc d'Orléans. Par son
père, par ses premières années, le duc d'Orléans

relevait donc de la Révolution ; par sa famille, par celle dans laquelle un heureux mariage et les bon_nes grâces de son cousin l'avaient fait entrer, il appartenait à la monarchie.

On citait la bonne harmonie qui régnait dans le jeune ménage du prince, ses habitudes libérales, ses allures bourgeoises, les mœurs constitutionnelles qu'il avait puisées dans un long séjour en Angleterre ; un certain alliage de jacobinisme et de piété monarchique, d'idées religieuses et de philosophisme ; tout cela vu de loin et à travers le prisme du prosélytisme et de l'entraînement, devait faire du duc d'Orléans un chef admirablement bien posé pour servir de transition entre l'ancien régime et une royauté nouvelle, une sorte de compromis entre la Révolution et la légitimité.

Aussi, à travers les vicissitudes qui l'ont tour à tour porté du club des Jacobins à l'armée de Dumouriez, des villages de la Suisse aux Etats-Unis d'Amérique et dans les réunions politiques de l'Angleterre, le duc d'Orléans avait su se former un petit noyau de partisans dont il ne flattait peut-être ni les espérances, ni les projets, mais dont il savait mettre à profit les conseils et les avis, attendant dans les profondeurs de son âme ce qu'il plairait aux événements de lui apporter.

Né avec les débris de ces phalanges impures,

pour le salaire desquelles Philippe-Egalité avait laissé une mémoire flétrie, et dilapidé une des plus belles fortunes de France, appuyé d'ailleurs par les Girondins, le parti du jeune duc d'Orléans avait grandi au milieu de la Révolution assez pour inquiéter sérieusement le Directoire.

En 1795, après les désastres de Quiberon, Dumouriez avait sérieusement proposé au général Charette de donner au duc d'Orléans la couronne de France, et de réunir du même coup sur la tête de ce prince l'héritage de Louis XIV et celui de la Révolution.

On sait de quelle manière le chevalier Charette répondit au général constitutionnel;* le complot

---

* " Charette lut à deux reprises et bien lentement la lettre de " Dumouriez : puis, après quatre ou cinq minutes de réflexion, il " adressa au vainqueur de Jemmapes ce peu de mots d'une élo- " quence plus militaire que diplomatique :

A Sainte-Flaive-des-Loups, le 21 novembre 1795.

Mon cher Dumouriez,

Dites au fils du citoyen Egalité d'aller se faire f.....

Signé le chevalier Charette.

(Histoire de la Vendée militaire, 1re édit., tom. II, page 372.)

dont on voulait rendre la Vendée complice n'eut pas de suite, mais le parti d'Orléans ne se tint pas pour battu. A l'armée, à Paris, ce parti recrutait des affidés et intriguait d'autant mieux qu'il voyait la Révolution s'éteindre, faute d'un chef à qui l'on pût confier les rênes d'un pouvoir devenu faible, impuissant, et dérisoire à force de violences et de terreur.

La rapide et glorieuse élévation de Bonaparte mit un terme aux sourdes menées des Orléanistes, et ce n'est que vers les dernières années de l'Empire, à l'époque de certaines conspirations dont le but est encore enveloppé de mystères, que l'histoire commence à retrouver le nom d'Orléans mêlé aux intrigues et au mouvement.

Le duc d'Orléans fut donc le prince vers lequel Didier tourna ses espérances. Le duc était alors à Palerme, et c'est dans cette ville que son nouveau partisan avait projeté de se rendre. Didier parla souvent de ce voyage dans sa famille, en termes si positifs, que son plus jeune fils Simon, surpris de cette nouvelle, et émerveillé d'un voyage hors de France, se mit à chercher dans la Géographie de Guthrie, une notice sur la ville de Palerme. Cette circonstance a contribué à graver le souvenir de ce fait important dans l'esprit du jeune Simon. Madame Didier ne confia pas alors à ses enfants le

but de cette excursion lointaine, mais plus tard
elle répétait souvent avec l'expression du plus vif
regret, que si Louis XVIII ne fût pas rentré en
France, Didier serait allé en Sicile, où les affaires
de sa maison auraient été arrangées par le duc
d'Orléans. A ces regrets, elle ajoutait toujours
quelques mots d'éloge en faveur du Prince qui
possédait déjà l'art de cacher profondément ses
vues secrètes et de fasciner ainsi le public.

Mais, pendant que Didier songeait à Palerme
et au duc d'Orléans, survinrent les désastres de la
campagne de Russie, l'abdication de Fontainebleau
et le retour des Bourbons. Didier laissa pour le
moment le fils d'Egalité, et arriva en toute hâte à
Paris, le cœur brûlant de royalisme et de fidélité;
aussi Louis XVIII avait à peine touché le port de
Calais, que déjà Didier donnait des gages de dévouement à la Restauration, en publiant *l'Esprit et
le vœu des Français*, titre toujours de circonstance
et qui rappelait cette autre brochure rédigée dans
le même sens et sacrifiée, quinze années auparavant,
à la vindicte de *l'Ami des lois*.

On a vu quels étaient les sentimens de Didier
pour Napoléon; en quels termes magnifiquement
louangeurs il lui avait dédié le *Retour à la Religion*, avec quel chaleureux enthousiasme il parlait
du pouvoir impérial. Eh bien! lorsque le vent

de l'adversité eut soufflé sur celui dont la renom-
mée a rempli le monde. Didier vint lâchement,
comme tant d'autres, donner son coup de pied à
l'athlète vaincu.

Paul Didier fut créé maître des requêtes et fait
chevalier de la légion-d'honneur. Cette double
faveur ne put satisfaire son ambition, et il fit entendre des récriminations incessantes. On lui
promit un siége à la cour de cassation. Mais ce
n'était pas assez pour lui. Aussi, lorsque Bonaparte, débarqué au golfe Juan, traversa, rapide
comme la foudre, les villes étonnées, Didier fut un
des premiers à se ranger sous les drapeaux du con-
quérant, à faire acte de soumission et offrir ses
services, comme il savait les offrir, avec des marques toujours nouvelles de protestation et de
dévouement.

Assez de renégats, de fidèles et de traîtres se pres-
saient à la suite de Napoléon, pour qu'il n'eût
qu'à choisir entre toute cette foule ambitieuse,
avide ou idolâtre ; il connaissait bien les hommes
et les jugeait vite : le dévouement de si fraîche
date de l'avocat Didier lui parut à bon droit suspect ; Napoléon, d'ailleurs, était instruit des mo-
meries royalistes de cet homme à la rentrée des
Bourbons. Le nom de Paul Didier fut donc
rayé de la liste des nominations impériales.

Sans place, sans emploi, sans fortune, obéré de dettes, réduit à emprunter vingt-cinq louis d'un côté et cent écus de l'autre, Didier sentit dans son cœur une haine implacable contre Napoléon, cette haine qu'enfantent l'impuissance et le désespoir. Les plaies que lui avaient faites les dernières années de l'Empire se rouvrirent pour saigner de nouveau. Compromis avec la branche aînée des Bourbons, compromis avec Bonaparte, Didier n'avait plus aucune porte de salut.

Cependant les intrigues orléanistes avaient recommencé avec la chute de l'Empire. En même temps que certains comités s'agitaient à Paris, les généraux Lefèvre-Desnouettes, Drouet-D'Erlon, les frères Lallemand, fidèles héritiers de la pensée de Dumouriez, formaient dans le Nord une association centrale dont le but n'était autre que de placer le duc d'Orléans sur le trône de France, ainsi qu'un des frères Lallemand le déclara plus tard à l'Empereur qui consigna ce fait dans ses *Mémoires*. Le débarquement au golfe Juan vint gâter ce projet et arrêter un *plan sagement conçu*, pour nous servir des expréssions mêmes de l'un des généraux, organisateurs du complot.

Avec les Cent-Jours, le trône de Louis XVIII était remis en question. Tous les partis avaient grandi par la maladresse et les fautes de la pre-

mière Restauration : leurs espérances s'étant ra-
vivées au 20 mars.

Quant au duc d'Orléans, il se contenta d'adresser à Vienne deux *Mémoires* explicatifs des causes qui avaient amené le renversement de la
maison de Bourbon en 1789 et en 1814.

" Son Altesse sérénissime, dit M. Sarrans en
racontant ce fait,* pensait-elle que son étoile pourrait briller encore au milieu des embarras de
l'époque et voulait-elle suggérer au congrès la
pensée qu'elle saurait éviter l'écueil contre lequel
Louis XVIII venait de se briser ? Nous ne savons ; mais, en même temps, les intrigues Orléanistes étaient poussées si loin à Paris et dans
l'armée, les insinuations étaient telles que, pour
les rendre infructueuses, le maréchal Grouchy fit
proclamer Napoléon II. De son côté, le maréchal Soult envoyait, le 22 juin, une dépêche à
l'Empereur pour lui signaler la grande agitation
qui régnait dans l'armée, et le colportage qu'on
faisait du nom du duc d'Orléans, nom qui, ajoutait
la dépêche, était dans la bouche de presque tous
les généraux.

On sait par quelles énergiques et solennelles dénégations après la rentrée de Louis XVIII, le duc

---

* *Louis-Philippe et la contre-révolution de* 1830.

d'Orléans repoussa l'intention qu'on lui prêtait de mettre sur sa tête la couronne de France ; avec quelle générosité, le comte d'Artois se porta, auprès du roi défiant et irrité, la caution de son cousin d'Orléans, et comment ce dernier revint en France pour y reprendre, grâce à une faveur spéciale, la possession de ses biens, et, plus tard, y être comblé par Charles X de toutes les marques du dévouement et de l'amitié. Aussi, au milieu de ce *steeple-chase* des Cent-Jours où s'agitaient les ambitions, les intérêts, les rivalités, toutes les haines, toutes les passions de la France politique, Didier fut-il l'un des premiers à chercher un drapeau qui pût abriter son étoile.

On l'a vu, le duc d'Orléans était le seul espoir qui restât à Didier pour refaire sa fortune perdue, alimenter son ambition qui grandissait avec l'âge, avec les événemens, et les déceptions qu'il avait éprouvées. Ajoutez à cela que le duc d'Orléans se présentait naturellement comme le trait d'union destiné à relier le passé à l'avenir, et c'était encore pour le monarchique Didier la solution d'un problème qui avait été le rêve de toute sa vie.

Le fils d'Egalité était d'ailleurs une quasi-connaissance pour l'auteur du *Retour à la Religion*. Nous avons raconté le projet qu'avait fait Didier d'un voyage à Palerme, à l'époque des derniers jours de l'Empire. Ce projet, la manière toute sympathique dont le nom du duc d'Orléans était prononcé dans la famille Didier, indiquent assez qu'il existait entre ces deux personnages certains rapports dont l'origine et la nature nous sont inconnues. Peut-être ces relations avaient-elles pris naissance alors que, lié avec Barnave et Mounier, Didier s'était trouvé mêlé aux comités et aux clubs de la Révolution, où, nécessairement, il avait dû connaître Philippe-Egalité et son fils aîné, alors duc de Chartres.

Aussi, lorsqu'en 1814, M. le duc d'Orléans arriva à Paris après le rétablissement de la monarchie, Didier fut-il un des visiteurs de l'hôtel de la rue Grange-Batelière où le prince était descendu, en attendant la restitution du Palais-Royal.

Un témoin digne de foi veut que dans les premiers jours de cette même année, une discussion assez vive s'étant engagée en séance secrète de la Chambre des Pairs entre le comte d'Artois et le duc d'Orléans, et ce dernier ayant cru devoir rendre publiques les paroles qu'il avait prononcées dans cette discussion, Didier ait été chargé par le duc d'Orléans de veiller à la publicité de l'écrit. Mais, la nuit ayant porté conseil, Didier fut prié le lendemain de faire briser sous ses yeux la planche de la composition destinée à être mise sous presse.

Est-il étonnant après cela que, pendant les Cent-Jours, et notamment chez un ancien membre de l'Assemblée Constituante, M. de Virieu, Paul Didier avouant ses sympathies pour le duc d'Orléans, ait plusieurs fois déclaré que la France ne serait jamais heureuse tant que le sceptre n'aurait pas passé des mains inhabiles de la branche aînée en celles de la branche d'Orléans ; tant que la direction et le maniement des affaires, arrachés à la noblesse de cour, n'auraient pas été remis au tiers-état, à la bourgeoisie ?

Cette pensée, que la révolution de juillet devait réaliser quinze ans plus tard, était le rêve heureux de Didier, le thème favori sur lequel il brodait ses théories politiques, ses projets d'organisation sociale. — Ce rêve, hélas ! fut de courte durée. A peine avait-on eu le temps de se reconnaître et de se compter dans le pêle-mêle des Cent-Jours que déjà Louis XVIII rentrait en France. A sa suite, venait l'esprit de représailles et de réaction, que, dans le cercle vicieux de nos tourmentes politiques, avaient malheureusement autorisé les saturnales du 20 mars.

Didier avait exhalé, pendant l'interrègne, trop de vives colères contre les Bourbons pour pouvoir espérer d'eux quelque faveur à leur rentrée en France, bien que d'autres, plus coupables, mais aussi plus habiles que lui, eussent déjà su se rendre nécessaires au gouvernement nouveau. Oublié dans la réorganisation du Conseil-d'Etat, l'ambitieux Didier retomba dans la misère et dans son désespoir.—C'est là que, quelques semaines plus tard, de nouvelles intrigues devaient le ramasser.

A peine remis du coup terrible porté à leurs principes insurrectionnels par le rétablissement de la monarchie, les membres de la Chambre des Représentants cherchèrent dans les éventualités d'une position gouvernementale encore mal assurée, dans la crise d'enfantement d'un pouvoir nouveau, un levier pour renverser une royauté qu'ils détestaient.

Après avoir avancé l'heure de l'abdication de Bonaparte, à condition qu'on les laisserait maîtres de choisir un gouvernement qui ne les forçât point à abdiquer eux-mêmes, les députés des Cent-Jours ne s'étaient pas montrés adversaires si hostiles, si haineux des Bourbons, pour quitter la partie au premier revers. La monarchie d'ailleurs avait déjà commis des fautes; le délaissement et la trahison dont avaient été payées ses faiblesses et ses erreurs, ne semblaient pas lui avoir inspiré la prudence nécessaire pour éviter de nouveaux écueils: rien ne paraisssait stable; tout, au contraire, était encore en question.

Le 20 mars avait montré combien était encore
énergique et puissant l'esprit révolutionnaire dans
la France haletante, épuisée. Quarante mille hommes retranchés derrière la Loire, derniers débris
des aigles et des drapeaux triomphants de l'Empire, n'attendaient qu'un mot de leur Empereur
pour marcher, non plus comme autrefois à l'enva-
hissement du monde, mais à la conquête de la couronne de France. Le trésor était obéré ; toutes
les administrations désorganisées, triées, réduites,
jetaient dans la misère des milliers d'employés —
branches inutiles d'un tronc auquel on portait la
cognée ; les villes et les villages regorgeaient de
soldats licenciés et proscrits ; on entretenait à
plaisir dans le peuple des craintes exagérées sur
la validité de la possession des biens nationaux,
pendant que certains exaltés répétaient que la
Révolution avait assez fauché dans le sang des
royalistes, et que les royalistes devaient à leur tour
abattre, comme Tarquin, quelques têtes élevées.
D'un autre côté, les négociations et les congrès
n'avaient pas encore dit leur dernier mot sur le
sort de la France ; l'empereur Alexandre et lord
Wellington avaient écouté, sans trop sourciller,
des propositions tendant à remplacer par une dynastie nouvelle la représentation héréditaire de la
royauté sur le trône de Saint-Louis. —En fallait-

il davantage pour faire naître dans l'esprit des mécontents (et ils étaient nombreux en 1815) des
projets et des vœux dont tout leur faisait espérer
une heureuse réalisation.

Aussi, à peine Louis XVIII eut-il une seconde
fois touché le sol de la France, que déjà un parti
puissant s'organisait contre la monarchie. Formé
des débris humiliés de nos armées, des restes de
la Chambre des Représentants, ce parti était encore dans le vague des espérances, des regrets
et des imprécations, lorsque tomba le ministère
Fouché — Talleyrand, dernier protecteur qui lui
restât, malgré les anomales proscriptions de l'ora-
torien régicide.

Forcé d'abandonner un portefeuille qu'il croyait
avoir conquis à la pointe de ses intrigues et de ses
menées diplomatiques avec les puissances étrangères, connaissant d'ailleurs assez la défiance dont
le roi honorait ses allures équivoques, et l'esprit
franc, et quelque peu exclusif, de la cour de Monsieur, Talleyrand ne fut pas longtemps à comprendre qu'à moins de circonstances extraordinaires, il
n'avait peut-être plus aucune chance de reprendre
au Conseil la place qui venait de lui échapper.
Esprit trop fier, âme trop égoïste pour être homme
de parti, Talleyrand, comme toute l'école doctrinaire, aimait le pouvoir pour le pouvoir, et non

pour le bien qu'on peut faire. Avoir contribué
deux fois à la Restauration, et se voir éconduit par
ceux mêmes qu'il avait intronisés, sembla donc
cruel à l'ancien évêque d'Autun. Disgracié par
Bonaparte, il avait battu en brèche et miné secrètement la puissance impériale; suspect à Louis
XVIII, il ne chercha plus qu'à se rendre une fois
encore nécessaire, à favoriser un concours de circonstances assez heureux pour mettre en relief son
astuce et son habileté; — peut-être même songeait-
il aussi à porter à d'autres les services qu'on dé-
daignait à la nouvelle cour.

Cette pensée fut le lien qui réunit Talleyrand à
Fouché, et fit cesser, dans le sentiment d'un malheur commun, d'un même intérêt, la rivalité dont
ces deux renégats émérites avaient fait preuve plus
d'une fois pendant la courte durée de leur ministère.

Mieux traité que Talleyrand, Fouché était
nommé ministre plénipotentiaire à Dresde. Cette
fiche de consolation, accordée par Louis XVIII à
l'un des bourreaux de son frère, ne peut s'expliquer que par une dépendance fatale dans laquelle
le roi aurait été placé envers le duc d'Otrante, à la
suite de certaines circonstances inconnues, ou par
le désir d'annuler autant que possible l'action dis-
solvante de Fouché contre tous les gouvernements
assez maladroits pour se passer de lui. En ache

tant le duc d'Otrante, en l'éloignant surtout de Paris, Louis XVIII croyait l'avoir gagné à sa cause, ou l'avoir mis du moins dans l'impossibilité de lui nuire ; — Louis XVIII se trompait.

En 1815, Fouché fut donc tout naturellement porté au milieu du camp ennemi des Bourbons : il s'y rencontra avec Talleyrand, pour y présider comme lui aux destinées de l'association insurrectionnelle qui se relevait menaçante déjà, débris des vingt pouvoirs, tour à tour enfantés et détruits par la Révolution. A côté de Talleyrand et de Fouché, se présentent en première ligne Lafayette, Voyer-d'Argenson, une centaine de membres de la Chambre des Représentants, et enfin Paul Didier, le malheureux Didier. Tous ces personnages commençaient ainsi, pour y trouver des destinées, hélas ! bien différentes, cette longue série de complots dont le dernier anneau devait se perdre dans la nuit du 29 août 1830.

Il s'agissait pour celui-ci de reconquérir son portefeuille, et pour cet autre, de poursuivre l'œuvre inachevée de la Chambre des Cent-Jours. Dans le but de se rendre nécessaires, si les uns ne cherchaient qu'à intimider le pouvoir, qu'à le pousser aux moyens extrêmes et aux coups d'état, les autres voulaient le renverser. Seulement, les plus habiles ne disaient pas leur dernier mot, et lais-

saient s'abriter sous les souvenirs de l'Empire, sous
la haine des Bourbons, une candidature ostensi-
blement désavouée par celui qu'on mettait en avant,
mais aux scrupules duquel on était tout disposé à
faire violence,—comme cela eut lieu, en 1830,
dans la mise en scène de cette merveilleuse trilogie appelée : l'Hôtel-de-Ville, Neuilly, le Palais-
Royal. Un seul obstacle pouvait briser les fils
de cette intrigue, entraver la marche de cette conspiration qui, chaque jour, resserrait davantage et
sa trame et ses liens ; c'était la présence des armées étrangères qui campaient sur le sol de la
France.

Grâce à la très fâcheuse direction que des serviteurs inintelligents ou traîtres avaient donnée à
la rentrée des Bourbons, Louis XVIII se trouvait,
à l'égard des alliés, dans une position d'infériorité
qui n'eût jamais existé avec des allures plus indé-
pendantes, une pensée mieux comprise de la situation, un désir moins pressant de ressaisir le pouvoir.
Lord Wellington était roi de France ; — rien ne
se faisait sans lui, et de tout son conseil. Louis
XVIII était peut-être le seul qui montrât quelque
courage et quelque fierté dans les rapports du
gouvernement avec les puissances étrangères.
Lors donc que le cabinet des Tuileries s'inclinait
devant lord Wellington, il était peu probable que

les habiles meneurs de l'intrigue née de la chute du ministère Fouché-Talleyrand s'exposassent gratuitement à se voir arrêter dans l'accomplissement de leurs projets par un pouvoir supérieur, dont ils avaient été à portée de reconnaître la force et l'étendue. Avant d'aller plus loin, il fallait donc s'assurer, sinon de la participation directe de l'Angleterre à une menée ténébreuse, du moins de l'indifférence de lord Wellington pour la personne du chef du gouvernement français.

Absolument parlant, les alliés, en 1815, ne tenaient pas à Louis XVIII de préférence à tout autre prétendant, ou ayant droit à la couronne de France. Si pour la Russie, pour la Prusse et les autres états absolutistes, Louis XVIII apportait avec lui un principe de stabilité, une garantie gouvernementale, l'Angleterre n'eût pas mieux demandé que de chercher cette garantie dans des cessions de territoire; et, pour arriver à ce but, tout prétendant eût été bon pour elle. A ce prix, le prince d'Orange eût donc pu calviniser la France, comme c'était sa pensée, et le duc d'Orléans, accomplir un 1688, en substituant sa famille à celle de la branche aînée: deux états de choses qui ne pouvaient être que très favorables aux idées religieuses et politiques de l'Angleterre.

Ces hommes qui étaient allés à Hagueneau vo-

lontairement remettre les destinées de la France à
la direction des puissances, et mendier d'elles un
étranger pour roi, n'étaient pas gens à reculer devant les nécessités de leur ambition, ni à né-
gliger les moyens qui pouvaient faciliter le succès
de leurs intrigues. Une des premières démarches
tentées par la conspiration dont les deux ministres
déchus étaient l'œil et la pensée, ce fut donc de
s'assurer de la neutralité des dispositions de l'Angleterre, dans le cas où un événement imprévu
pourrait une fois encore remettre en question la
couronne de France. Quels étaient les négocia-
teurs chargés de sonder les dispositions secrètes
de Lord Wellington, en faveur d'un changement
de dynastie sur le trône de Saint-Louis? Quels
furent en réalité les engagements pris par le représentant de l'Angleterre? Nous l'ignorons; mais
la couleur donnée à certains événements, à certaines négociations; la conduite des alliés et
principalement de l'Angleterre, après les désastres
du 20 mars; les révélations connues jusqu'à présent, celles que nous trouverons dans le cours de
ce récit, tout indique que les plénipotentiaires
réunis à Paris avaient prêté l'oreille à de vagues
démonstrations, tendant à faire envisager l'état de
la France comme tout autre qu'il n'était réellement; à prouver aux rois de l'Europe que les Bour-

bons étaient inhabiles à gouverner le pays qui les avait accueillis d'abord avec tant d'enthousiasme ; qu'il existait, à tort ou à raison, mille causes secrètes de répulsion contre eux ; qu'enfin il fallait laisser la France libre de se choisir un chef, et de remettre une fois encore ses pouvoirs à une nouvelle Chambre des Représentants.

1830 a prouvé que l'Angleterre ne demandait qu'une manifestation vraie ou fausse, mais toutefois assez éclatante pour prêter la main à un changement de dynastie en France. En 1815, tout se préparait donc pour que cette manifestation vînt compliquer les embarras du moment, avant la conclusion des traités.

Une seule chose est à noter, c'est que si, dans ces négociations ténébreuses, des candidatures furent posées, des noms mis en avant, la dynastie napoléonienne devait être à jamais écartée de toute combinaison.

Napoléon, dont cent mille soldats redisaient le nom dans tous les coins de la France, était alors maudit à Paris par la noblesse, par la bourgeoisie et même par le peuple. C'était des camps du libéralisme qu'étaient partis les plus terribles coups portés au pouvoir impérial ; c'étaient la haute banque et la beourgeoisie qui avaient avancé l'agonie du grand capitaine : c'étaient les armées étrangères qui, pour combattre les violentes agressions de cet homme, deux fois avaient foulé le sol de la France du pied de leurs chevaux. Entre toutes ces puissances, ayant chacune pour sa part contribué à la chute de Napoléon, pouvait-il être encore question de l'exilé de Sainte-Hélène, dans les apports et dans les dividendes d'une révolution, que la bourgeoisie préparait, et dont la bourgeoisie seule devait profiter ?

Mais comme les meneurs d'une conspiration ne sont jamais ceux qui descendent dans la rue ; comme aussi un mouvement sérieux ne pouvait être tenté à cette époque que par les soldats licenciés auxquels c'était assez pour qu'ils prissent les armes, de revoir le drapeau tricolore qu'avaient illustré tant de glorieuses campagnes, lorsque l'intrigue insurrectionnelle voulut passer de l'expectative à l'exécution, forcé fut bien d'évoquer encore le nom du héros du siècle, nom magique sur l'esprit de ceux dont on voulait escompter l'enthousiasme et le dévouement.

C'était là une infâme, une machiavélique tromperie, — mais les ambitieux et les agitateurs n'y regardent pas de si près.

Ces choses une fois arrêtées, il ne s'agissait plus que de préparer le dénouement du complot, de faire appel aux souvenirs patriotiques des débris de nos malheureuses armées ; d'exciter le ressentiment des hommes dont les intérêts étaient froissés par la Restauration ; de parler à ceux-ci de Napoléon et de ses aigles, à ceux-là de l'expulsion des nobles, à tous de l'humiliation de la France ; de remuer dans les localités naturellement libérales les ferments de discorde toujours faciles à germer dans leur sein ; de faire concourir, en un mot, tous les éléments de désorganisation à un même but, celui d'une révolution nouvelle, au moyen d'un second 20 mars. Voilà quel était le programme au moyen duquel des émissaires, partis de Paris, devaient entreprendre, sur divers points de la France, la propagande révolutionnaire destinée à saper le trône encore mal assis des Bourbons.

Dès le mois d'octobre 1815, le comité organisateur de Paris, réuni sous la présidence de cinq des ministres démissionnaires, au 25 septembre, inscrivait sur son drapeau ces mots, dont l'élasticité n'excluait aucune ambition, ne compromettait aucune candidature, aucun parti : *Société de l'indépendance nationale.*

Ce fut au nom de l'*indépendance nationale,* que bientôt il y eut dans chaque ville, un ou deux personnages chargés de préparer les esprits, de recruter des affidés et d'enrégimenter les mécontents.

E

C'était au nom de l'*indépendance nationale* que Grenoble, dont huit mois plus tôt, la trahison avait décidé du sort de la monarchie, était choisi pour donner, par un coup de main hardi, le signal de l'insurrection.

Enfin, c'était au nom de l'*indépendance nationale* que Paul Didier était chargé de jouer à l'empereur, en se présentant sous les remparts de Grenoble, devant cette même porte de Bonne qui, le 7 mars au soir, s'était ouverte à Napoléon et à sa poignée de soldats.

Avant d'aller plus avant, et de suivre les méandres de cette conspiration qui déjà marchait la tête haute, il importe de connaître à quelles mains le pouvoir était confié, et quelles forces pouvaient contrebalancer les forces actives de l'insurrection.

A Talleyrand avait succédé M. de Richelieu. Si la pensée révolutionnaire comptait moins d'éléments dans ce dernier ministère que dans le premier, en retour, l'incertitude et la faiblesse y dominaient à portions égales. Appelé à faire partie des conseils du roi par un motif qui eût dû précisément l'en faire écarter, M. de Richelieu était un homme pour qui la France de 1815 devait apparaître comme une énigme. Semblable à ces héros des *Mille et une Nuits*, qui dorment pendant de longues années pour s'éveiller au milieu d'une autre époque, d'un autre pays, M. de Richelieu avait oublié, au fond de son gouvernement de Crimée, les besoins, les passions, les allures de son pays.

Ni homme d'état, ni homme d'affaires, M. de Richelieu n'avait pas même pour lui cette puissance du jugement et cet esprit de conviction, qui seuls peuvent donner la force de gouverner. D'un caractère plein de faiblesse et d'irrésolution, donnant toujours de préférence, comme tous les esprits incertains, vers le mauvais côté d'une discussion, le premier ministre de Louis XVIII se trouvait balloté entre le désir sincère de mener à bien les affaires de la France, et les remords que lui inspiraient les tristes résultats de sa direction politique.

Bien que sa naissance, les hautes fonctions qu'il avait toujours remplies, sa position, les circonstances dans lesquelles on était placé lui fissent un devoir de marcher dans les voies franches et nettes du royalisme, M. de Richelieu avait, au contraire, dans les oscillations perpétuelles de sa volonté, une tendance marquée à favoriser le libéralisme et les idées de la Révolution.

Tel était l'homme auquel étaient alors livrés les plus graves intérêts de la France ; celui dont la présence a été une des plus pernicieuses à cette époque critique de la Restauration ; celui qui a discuté et négocié presque à lui seul les clauses humiliantes des traités de 1815, et qui n'a présenté ces traités à la sanction du ministère qu'au moment où il n'y avait plus rien à faire qu'à les ratifier.

Avec M. de Richelieu, étaient MM. Corvetto, de Feltre et Dubouchage, celui-là ministre de la marine, celui-ci ministre de la guerre, le premier ministre des finances : tous les trois, hommes spéciaux, mais s'immisçant fort peu dans la politique intérieure. M. de Feltre était absorbé par le travail immense de la réorganisation de l'armée, pendant que, le désespoir dans l'âme, M. Corvetto demandait aux sources taries du budget les moyens de combler l'abîme financier que des guerres malheureuses avaient créé au sein de la France.

L'action de MM. de Feltre, Dubouchage et Corvetto était donc à peu près nulle lorsqu'il s'agissait de tailler dans le vif des systèmes politiques. Ils n'avaient au reste, ni les uns ni les autre, cet esprit d'entraînement et cette facilité oratoire propres aux luttes de la discussion. Lorsque deux idées, deux théories étaient aux prises dans le sein du conseil, MM. de Feltre, Dubouchage et Corvetto laissaient assez volontiers, au ministre de la justice, M. Barbé-Marbois, le soin de départager les combattans et d'interpréter, le plus sagement possible, certaines idées prétendues libérales que soufflait M. de Richelieu, sous l'inspiration du ministre de la police, M. Decazes. Les membres du cabinet, plus spécialement appelés à concevoir et à exécuter la pensée gouvernementale, étaient donc M. de Richelieu. M. Decazes et M. de Vaublanc, ou plutôt les deux derniers, — M. de Richelieu ayant à peu près annihilé sa volonté dans celle du ministre de la police.

Homme de conviction, d'énergie, à vues droites, M. de Vaublanc était peut-être le seul, de tout ce ministère, à avoir un système arrêté. Il eût voulu donner aux allures du gouvernement avec les puissances étrangères plus d'indépendance et de nationalité; sans entrer dans aucun esprit de réaction, il pensait qu'il était possible de se faire craindre des partis, tout en s'abstenant de les persécuter aujourd'hui, pour les caresser demain, sauf à revenir ensuite à de nouvelles rigueurs envers eux.

Mais M. de Vaublanc haïssait les intrigues de salon, les menées ténébreuses, les tripotages de coterie, tout ce qui sent la ruse et la diplomatie, tout ce qui malheureusement est l'essence de la vie des hommes d'état. M. de Vaublanc allait droit au but, sans louvoyer et sans détour; il rompait, mais ne fléchissait pas. Il eut beau se roidir contre le torrent qui emportait le ministère à la dérive, la pente malheureuse des choses fut plus forte que lui : on appela sa persistance de l'entêtement ; ses idées, des théories impraticables ; son zèle pour la monarchie, de l'absolutisme ; et après six mois de luttes incessantes avec le caractère indécis, irrésolu de M. de Richelieu, et d'opposition aux fatales tendances de M. Decazes, M. de Vaublanc quitta la partie. — Nous dirons, plus tard, à quel moment.

Passé de la préfecture de police au ministère qu'avait si tristement illustré le duc d'Otrante, M. Decazes était déjà, à l'époque dont nous parlons, l'âme du gouvernement. Cet homme qui, avec une intelligence des plus ordinaires, a rempli un si grand rôle dans les destinées de la Restauration, n'était point, il est vrai, parvenu au dernier degré de cette fabuleuse puissance dont il a joui pendant quatre ans ; mais déjà il savait faire jouer les secrètes intrigues qui devaient le porter si avant dans la confiance du roi, et le mettre en état de briser à son gré les hommes assez imprudens pour contrarier ses intérêts ou ses caprices.

De toutes les personnes qui entouraient le roi, nul mieux que M. Decazes ne savait montrer à propos si affectueuses prévenances, dévouement si profond, et ce royalisme sage et *constitutionnel* qu'affectionnait le promulgateur de la charte.

Habile à aiguillonner la causticité souvent pares-
seuse de Louis XVIII, à flatter les goûts littéraires
du monarque dans ses auteurs, ses poètes favoris,
à raconter la chronique des ruelles, de la cour et
de la ville, les habitudes secrètes des députés et
des hommes politiques ;—mettant à contribution,
pour cette moisson de scandales, toutes les sources
impures de son ministère, M. Decazes possédait
en outre une merveilleuse facilité à aller au-devant de la pensée du roi, tout en faisant bon marché de la sienne propre. De toutes ces mille
courbettes du corps et de l'esprit, de toutes ces
abnégations de l'intelligence et de la volonté qui
font les courtisans et les valets, M. Decazes n'oubliait, ne négligeait rien. Si le roi se montrait
sceptique, M. Decazes était voltairien ; si, inclinant vers les idées libérales, M. Decazes se faisait
révolutionnaire, pour avoir l'air de céder aux rai-
sonnemens de Sa Majesté et de se rendre à la su-
périorité de la dialectique royale. Tromper, égarer
par de perfides rapports l'esprit de Louis XVIII
sur les hommes et sur les choses ; provoquer des
mesures et des ordonnances au moyen de pièces
apocryphes ; rendre le comte d'Artois odieux et
suspect aux yeux du monarque ; représenter d'une
part les royalistes comme des conspirateurs qui
cherchaient à provoquer l'abdication de Sa Majesté

au profit de son frère, et de l'autre les républicains et les orléanistes, cachés sous le nom de constitutionnels, comme les seuls et sincères amis de Louis XVIII et de la charte; arranger les événements aux contours d'une politique astucieuse, voilà quel fut tout le secret de la faveur de M. Decazes.

Eh bien! cet homme si dévoué, cet ami du cœur et de l'esprit, ce confident des secrètes pensées, trahissait son pays et son roi, non pas d'une trahison ardente, active, compromettante, mais au moyen de certaines transactions ténébreuses, de certaines capitulations du devoir : ce n'était pas la coupe des Borgia que le jeune ministre présentait aux lèvres de Louis XVIII, c'était un poison lent qu'il infiltrait dans les veines de la monarchie, poison qui la minait sourdement, à petites doses.

Trahir franchement le souverain auquel il avait juré fidélité, cela n'était ni possible, ni avantageux ; mais donner assez de gages aux ennemis de la monarchie pour qu'on pût, le cas échéant, compter sinon sur son concours, du moins sur sa neutralité ; rattacher toutes les questions à l'existence du ministère dont il faisait partie, et subordonner l'existence de ce ministère à ses caprices, à son ambition, à ses intrigues, c'était la conduite de M. Decazes et le double jeu du favori de Louis XVIII.

Jeune, bien fait, de bonne mine, de bonne tournure, il n'avait, disait-on, acheté qu'au prix de trop complaisantes amours la faveur dont il avait joui auprès de l'impératrice-mère, à la cour de Napoléon.

Parvenu au pouvoir, il trafiquait des services qu'il était à même de rendre et des nombreux emplois dont la nomination lui appartenait. Dissipateur, il n'acquittait ses dettes qu'avec les ressources de l'Etat ou la cassette particulière du roi.

Dans le commerce de la vie, on ne lui prêtait aucun des généreux instincts de l'âme ou du cœur ; on l'accusait, au contraire, de toutes les lâchetés.

Toujours un pied dans l'intrigue, il se cramponnait aux affaires par toutes les extrémités, au prix de toutes les concessions ; la corruption, les expédients de police, le trafic des consciences, étaient ses moyens habituels d'influence et d'action.

Elève de Fouché, il avait de son maître toute l'astuce et les instincts vicieux.

On a fait l'honneur à cet homme de lui prêter un système politique, un système de bascule : — Janus dont une face souriait aux royalistes et l'autre aux libéraux. — M. Decazes n'a jamais suivi d'autre pensée que de tout sacrifier aux nécessités du jour, de l'heure, du moment. Il y a eu, pendant son administration, des actes incroyables de contradictions et de tiraillemens, qui ne

F

peuvent appartenir à aucun système qu'à celui de
la peur et de la trahison ; cette royauté, à laquelle
il devait tout, et qu'il ruinait en détail, il l'aurait
jouée sur un coup de dé, si pareille partie eût été
nécessaire, non pas à son triomphe, il n'aimait pas
le pouvoir pour la gloire et l'orgueil, mais à son
salut personnel, à la conservation de sa puissance.
— En cela se résumait toute la politique de M.
Decazes. De tous les hommes récompensés après
1830, au moment où les plus infimes serviteurs
de la monarchie renversé etaient éconduits, desti-
tués, persécutés, M. Decazes est le seul qui ait
reçu, avec une préférence si marquée, par le roi
du 9 août, le baptême des faveurs du régime nouveau ; et cependant, des ministres de la Restauration, M. Decazes était, à tout prendre, le plus
compromis, celui qui avait été le plus impitoyable
dans les réactions des premières années du règne
de Louis XVIII. Ces deux extrêmes étant donnés,
il est facile de résoudre l'inconnu, et de comprendre,
par quelles transactions ténébreuses, M. Decazes
était parvenu au point d'être créé un des favoris
les mieux rentés du Palais-Royal, par les bénéfi-
ciaires de cette même révolution à laquelle, dans
des circonstances décisives, il avait été si hostile
en apparence. — C'est là un mystère qui, depuis
longtems, n'est plus un secret pour personne.

Ce fut par M. Decazes que la Conspiration de
l'*indépendance nationale* arriva à avoir pied dans
les conseils du roi ; — non que M. Decazes eût à
retirer d'un bouleversement politique de plus grands
profits que la brillante destinée qui s'ouvrait à lui ;
mais il avait déjà vu tomber la monarchie après
quelques mois de règne seulement : le 20 mars
écrasé à Waterloo était encore assez fort pour inspirer des craintes sérieuses à un pouvoir ébranlé,
mal assis ; la puissance révolutionnaire était vivace
et terrible ; il était facile de voir qu'elle chercherait bientôt à se mesurer avec la royauté pour l'é-
touffer, s'il était possible, dans une dernière étreinte ;
des candidatures avaient été posées au congrès des
puissances ; un événement imprévu pouvait leur
donner des chances inespérées de succès et faire
de l'une d'elles un moyen apparent de garantie, de
transition et de stabilité. Et, d'ailleurs, jeune encore, pouvait-il avoir d'autres patrons que Talleyrand et Fouché ? L'un de ces hommes, surtout,
n'était-il pas le résumé vivant de toutes les trahi-
sons et de tous les succès ? M. Decazes devait-il
repousser un exemple si entraînant pour ses instincts de perfidie ? pouvait-il se roidir, se briser
contre les tortueuses intrigues de ces deux apos-
tats ? Il n'avait ni assez de cœur, ni assez de pro-
bité pour cela ; la ligne droite était une ligne

encore ignorée de lui. Il sut donc la Conspiration, il en connut les fils, les ressorts, le but et les projets.—On n'exigea pas autre chose de lui sinon qu'il fermât les yeux, qu'il laissât faire, dans le cercle de sa puissance et de son autorité s'agrandissant chaque jour; on lui demanda d'être aveugle jusqu'au dernier moment, et comme on se croyait sûr du succès, on lui permit d'être impitoyable après la défaite.

M. Decazes a-t-il pris, au complot de 1816, une participation plus active, plus directe, allant jusqu'à la provocation? On l'a dit, on le dira encore, non sans quelque raison peut-être : mais, des hommes qui seuls pourraient l'affirmer, quelques-uns ont emporté leur secret dans la tombe, d'autres le cachent au jour, d'autres enfin ne le diront jamais.

Le cabinet, dont M. Decazes et M. de Vaublanc se disputaient la direction, accepta, sans trop les modifier, tous les errements du ministère tombé le 25 Septembre. En même temps que par-dessous main on rémunérait les factieux et les mécontents, on promulguait la loi sur les cris séditieux, la loi qui laissait la liberté individuelle des citoyens à l'arbitraire des préfets et au zèle des délateurs, et enfin la fameuse loi des cours prévôtales, rêve doctrinaire que M. Guizot avait présenté aux visiteurs de Gand comme le palladium de la couronne de France, et qu'il avait trouvé moyen de réaliser sous la responsabilité de M. Barbé-Marbois, aussitôt après son installation au secrétariat-général du ministère de la justice.

Telle était, avec les violents moyens de répression que nous venons de citer, l'administration qui garda le pouvoir depuis le 25 septembre 1815 jusqu'au 6 mai 1816, — espace de temps pendant lequel se prépara et s'accomplit la Conspiration dont nous allons dire les étrangetés, les mystères et la catastrophe.

Au-dessus de tout cela, dominait la tête de Louis XVIII, vieux roi dont la plus grande faute fut de vouloir régner tranquille, cherchant à oublier, dans les douceurs d'une autorité incontestée, vingt-cinq ans de malheur et d'exil.

Cédant trop aisément à toutes les concessions qui pouvaient lui rendre le pouvoir facile, Louis XVIII trouva les doctrinaires sur son chemin ; il se livra à eux pour entreprendre, poursuivre, et achever dans leurs bras, avec leurs maximes et leurs oscillations, un règne dans lequel il n'avait su ménager tous les partis que pour n'être regretté d'aucun.

Lyon fut la première ville qui se ressentit des

intrigues mises en jeu par la Société de *l'Indépendance nationale*. Le mouvement de Lyon en
1816 ne fut qu'un prélude aux troubles qui écla-
tèrent dix-huit mois après dans cette ville, et
compromirent de la plus déplorable manière le
ministre Decazes et ses agents provocateurs : une
escarmouche de la partie qu'on engageait ailleurs,
et dont le fait, le plus significatif sans doute, fut
l'inexplicable liberté d'allures laissée au chef du
complot avorté ; un prologue dans lequel se des-
sinent déjà les principaux personnages de cette
trilogie, dont le ministère Talleyrand-Fouché, le
parti orléaniste et Paul Didier forment les éléments.

C'est au mois de novembre que remontent les
premiers indices de la conjuration organisée par
Rosset, fabricant de papiers peints ; Montain,
docteur en médecine ; Lavalette, ancien receveur-
général des Basses-Alpes, destitué après les Cent-
Jours ; Jacquemet, colonel en non-activité du 1er
régiment d'infanterie de ligne ; Roza, sergent de
la légion du Rhône, sous l'inspiration directe du
Comité central de Paris, dont Lavalette était l'af-
filié et le correspondant. Préparée pendant deux
mois, l'éxécution de ce complot fut fixée à la nuit
du 20 au 21 janvier, c'est-à-dire quelques jours
après l'arrivée à Lyon de Didier qui venait de par-

courir la Loire, la Haute-Loire, le Puy-de-Dôme, plusieurs autres départements, et était retourné à Paris prendre un dernier mot d'ordre.

Quelques surveillants de nuit, congédiés, feignant de conduire un malfaiteur ou un vagabond arrêté, devaient se présenter à l'hôtel-de-ville et surprendre la sentinelle, pendant que Rosset, débusquant d'une rue voisine, avec une centaine d'affidés, désarmait le poste et faisait les soldats prisonniers. On traînait les canons de l'hôtel-de-ville sur la place Louis-le-Grand, et le signal d'insurrection était donné. La faiblesse numérique de la garnison eût rendu facile cette entreprise hardie; quatre cents hommes à peine suffisaient, en effet, pour s'emparer de Lyon.

Ce complot fut révélé, le 19 au matin, par le général Maringoné, commandant le département, par deux lettres, l'une d'un officier à la demi-solde, l'autre de Simon, l'un des conjurés. Simon, Roza, Montain, Jacquemet, Lavalette, Rosset furent successivement arrêtés le 20 janvier; Didier seul échappa, quoique au premier abord il parût être le plus compromis; il gagna le département de l'Isère, et, vingt-quatre heures après, il était aux portes de Grenoble. ·

L'instruction de cette affaire se fit avec lenteur, et le complot, avorté le 20 janvier, ne fut jugé que six mois après, le 26 août : — il fallait bien laisser se dérouler le drame dont Grenoble allait devenir le théâtre, et s'accomplir la destinée de Didier.

Et cependant, inconcevable fatalité ! Si on l'eût voulu, si une pensée mystérieuse, occulte, n'eût pas déjà dominé, dirigé cette affaire, il eût été facile d'écraser dans l'œuf le germe de la conspiration, et de saisir les traîtres dans leur aire, si haut placée fût-elle.

Les premières investigations judiciaires révélèrent en effet :

Qu'il existait une association insurrectionnelle dont le centre était à Paris, sous la protection immédiate des ministres démissionnaires, et les extrémités aux quatre coins de la France.

Qu'envoyé par le comité-directeur de Paris, Paul Didier avait, sous le nom d'Auguste, présidé les réunions tenues chez Rosset, et auxquelles assistaient Lavalette et les autres affidés ;

Enfin que, dans ces conciliabules, dans des proclamations écrites, dans des lettres interceptées ou saisies, de hauts personnages avaient été compromis, des noms propres avaient été mis en avant avec assez d'assurance pour éveiller au moins de légitimes soupçons.

Eh bien ! les noms propres furent pieusement couverts du voile ; l'association de l'*Indépendance*

nationale fut laissée à sa quiétude, Paul Didier
s'en alla tranquillement continuer ses pérégrina-
tions insurrectionnelles ; et l'affaire, étouffée pendant six mois, se termina très prosaïquement à la
cour d'assises par l'acquittement de Jacquemet, de
Roza et de Simon, comparses secondaires d'une
intrigue dont ils n'avaient pas la clef, et par la
condamnation de Rosset, de Lavalette et de Montain : les deux premiers à dix ans de prison, et
celui-là à cinq ans de la même peine. Les débats
furent réduits à des proportions fort peu politiques,
et sans M. de Chantelauze qui occupait le siége
du ministère public, l'affaire aurait été étran-
glée sans bruit par les *muets* de la cour et de la
haute police. Mais le futur ministre de Charles
X avait embrassé d'un coup-d'œil la valeur, la
portée et la nature du complot. Dans un réquisitoire énergique, il parla des conférences séditieuses
des minitres démissionnaires ; il accusa, pour ainsi
dire, pièces sur table, Fouché, Carnot et M. de
Talleyrand d'avoir ourdi la trame dont il tenait un
fil entre les mains ; d'autres accusations, moins
explicites toutefois, furent encore prononcées par
lui ; et si les paroles de M. de Chantelauze ne furent pas comprises alors, elles ne seraient peut-
étre plus une énigme aujourd'hui.

G

Peude villes ont fait autant de bruit que Grenoble dans nos fastes révolutionnaires. Cité intelligente, aux mœurs douces et faciles, capitale d'un pays renommé par la finesse et la causticité de ses habitants, Grenoble a, depuis longtemps, inscrit son nom en tête des villes les plus civilisées, les plus libérales de France. Le vent de l'indépendance souffle du haut des montagnes qui l'entourent, un vif sentiment de nationalité anime tous ses habitants, et si Grenoble a été la première à saluer la Révolution, il faut lui rendre cette justice, qu'elle a passé les mauvais jours de la Terreur vierge de tout attentat, de toute expiation politique.

C'est par Grenoble et par Grenoble seulement que le 7 mars 1815, Napoléon cesse d'être un audacieux aventurier pour redevenir empereur ; c'est Grenoble qui, cinq mois après, reçoit avec le canon de ses remparts les armées Austro-Sardes, et la dernière de toutes ouvre ses portes à l'étranger. Ville aux vieilles franchises provinciales, animée de cet esprit de ligue et de fronde que lui ont inspiré ses parlements, Grenoble est toujours sur la brèche de tous les actes d'indépendance, de patriotisme ou de rébellion. Aussi ne peut-on disconvenir que la capitale du Dauphiné ne fût un choix admirable pour l'exécution du complot destiné à mettre hors de page la royauté des Bourbons.

Il y avait donc à Grenoble, lorsque Didier y ar-

riva, tous les éléments d'une révolution ; d'un côté,
des hommes malheureusement enclins à pousser le
pouvoir jusqu'aux dernières réactions ; de l'autre,
hostilité, ou, pour le moins, indifférence politique
d'une assez grande partie de la population éclairée ;
ambitions déçues, esprits aigris par les tracasseries
administratives ; défiance du régime nouveau qui
s'établissait sous les auspices de la noblesse et du
clergé ; officiers et soldats cloîtrés dans leurs foyers,
mécontents tout prêts à marcher à la suite du pre-
mier-venu qui aurait arboré un drapeau tricolore
ou porté la santé de l'Empereur : tout cela formait
un terrain des mieux préparés pour l'insurrection
que Didier passa trois mois à organiser sur divers
points du département de l'Isère, lesquels conver-
geaient tous vers un centre commun.

C'est à Quaix, commune au nord de Grenoble,
que Didier avait établi son premier quartier-général, chez un officier de l'Empire, Brun *le dromadaire*, ainsi nommé parce qu'il avait, pendant la
campagne d'Egypte, commandé les guides dans le
désert.

Un soir, avant d'aller porter plus loin sa propagande révolutionnaire, Didier avait réuni tous les
soldats licenciés et les habitans de Quaix que Brun
le dromadaire, ancien maire de cette commune,
avait pu embaucher au service de la conspiration.—

C'était un dernier conciliabule dans la salle isolée d'une auberge de la Buisserate, village aux portes de Grenoble, sur la route de Lyon. Didier parlait avec véhémence et indignation du malheureux gouvernement de prêtres et de nobles qui pesait sur la France ; le feu de ses regards, la multiplicité de ses gestes, sa parole brève et sonore firent une impression profonde sur l'esprit des assistants. — Lorsque les motifs de l'insurrection eurent été discutés et solennellement proclamés, lorsque la part que chacun devait prendre à l'affaire, eut été définie et convenue entre tous, Didier lut au milieu d'un profond silence, une proclamation aussi forte qu'énergique, et qui finissait par ces mots :

" Français ! tout votre sang bouillonne dans vos veines, votre indignation est à son comble, craignez-en les excès ; vous retomberiez dans les piéges des ennemis communs de la France. Que le plus noble élan, que la plus juste, la plus sacrée des causes, que la cause du peuple ne soit souillée par aucun attentat. Sauvons la France de la tyrannie et de la jacquerie.

" La force est généreuse, les nôtres sont immenses, soumettons-en le développement à des règles invariables ; indulgence sur le passé, accueil au retour sincère, respect aux personnes et aux propriétés : malheur aux traîtres ; qu'ils soient saisis, mais jamais punis par les peuples : c'est une loi d'honneur, de justice, d'ordre, de salut public qui doit être observée avec la plus inflexible rigueur.

" Et vous que, dans les fureurs de son envie, la Sainte-Alliance voudrait exterminer, pour vous punir de votre valeur, soldats, vous serez vengés. Renaissez pour l'armée de l'*Indépendance nationale*, et méritons par notre conduite que le ciel puisse protéger la plus sainte entreprise, et l'humanité tout entière la couvrir de ses vœux."

— Qu'est-ce que vous nous f..... donc là ? s'écria Brun *le dromadaire* impatienté. Il n'est pas seulement question de l'Empereur dans votre proclamation... il faut parler de l'Empereur.

— C'est bon ! c'est bon ! répliqua Didier, j'arrangerai cela ; il plia son papier et le remit dans sa poche.

On se sépara, — mais Brun qui tenait à son idée, et qui ne concevait pas qu'une révolution pût être tentée autrement, que pour rappeler l'Empereur ou son fils sur le trône de France, Brun ne quitta pas Didier, il sortit avec lui, le prit par le bras et bientôt on les perdit de vue sur la route.

Deux hommes se firent les chefs de l'insurrection dans les montagnes de l'Oisans où Didier était arrivé vers les premiers jours de janvier et avant de se rendre à Lyon : c'étaient Dussert, ancien guide de l'armée des Alpes, maire destitué de la commune d'Allemond, d'un caractère aventureux et décidé, et Durif, ex-maire de la commune de Vaujany, esprit fin, souple, adroit, plus mesuré que Dussert. Tous deux ambitieux, aigris contre le gouvernement qui leur avait arraché l'écharpe municipale, Dussert et Durif jouèrent un rôle très actif dans l'organisation du complot, et furent, jusqu'au moment du revers, deux des agents les plus dévoués à Didier.

De l'Oisans, Didier descendit à la Mure, chef-lieu de canton, à 40 kilomètres sud de Grenoble. Il y avait un an à peine que Bonaparte, traversant la Mure, à la tête d'une poignée d'hommes, avait laissé sur sa route les souvenirs enthousiastes d'une marche triomphale. Aussi, tous les hommes de l'Empire, et entre autres, Drevet, ancien soldat de la garde ; les deux Buisson, l'un marchand épicier, l'autre pharmacien ; Génevois, propriétaire ; les deux frères Guillot, Dufresne, Dumoulin, ces derniers officiers à la demi-solde, n'eurent besoin que d'un mot, que d'un signe, pour prendre place au premier rang de l'insurrection.

Dans toutes les localités qu'il parcourait, Didier variait peu sur l'exposé des moyens concertés pour amener la chute des Bourbons. Ainsi, d'après ses confidences, l'insurrection, arrêtée à Paris au mois d'octobre précédent, avait reçu par le moyen de M. de Metternich, le secret assentiment de l'Autriche, en même temps qu'elle était assurée du concours de l'Angleterre, à condition toutefois que le mouvement s'opérerait au profit du duc d'Orléans.*

Par leur intermédiaire et par celui de Biollet, chef-de-bataillon en retraite du 50ᵉ régiment de ligne, esprit froid et réfléchi, et de Pélissier, capitaine en retraite, tous les officiers et sous officiers en demi-solde à Grenoble, au nombre de trois cents environ, furent bientôt affiliés au complot.

Les tentatives d'embauchage furent plus rares ou plus réservées dans la bourgeoisie et dans le peuple. Chacun faisait des vœux pour le succès de l'entreprise, quelques-uns promettaient une semi-coopération; mais, de meneurs, avoués, il n'y en avait réellement pas d'autres que deux ou trois personnes assez bien placées dans la bourgeoisie, et qui, trop adroites pour s'aventurer dans les fils de l'affaire, laissaient prudemment à de moins avisés le soin de tirer les marrons du feu, se bornant à l'attiser en secret.

Après l'armée et la bourgeoisie, vint le tour des

* Ce fait est consigné dans le rapport secret de M. Palis, commissaire de police à Grenoble.

écoles. Il y a deux ans à peine qu'un homme de 1816, un conspirateur de la Restauration, a révélé les moyens qui furent mis en œuvre, à cette époque, pour embaucher la jeunesse au service de la cause de Didier :

" J'étais étudiant en droit à Grenoble, lorsque la conspiration de Didier éclata, dit M. F. Gros* ; connaissant plusieurs des conjurés, je fus, quelques jours avant la mise à exécution du complot, l'objet d'assez vives obsessions de la part de quelques-uns d'entre eux, qui voulaient m'y associer ; Joannini, ancien officier de gendarmerie, me sollicita plus particulièrement d'y prendre une part active.

" Lié avec la plupart des officiers à la demi-solde qui abondaient dans le département de l'Isère, ancien officier moi-même, ma position d'étudiant à Grenoble depuis novembre 1814, la part qu'on m'avait vu prendre aux événemens des Cent-Jours, tout, en un mot, pouvait faire croire que j'exercerais quelque influence, particulièrement sur l'Ecole de Droit, dont je pourrais entraîner une partie, et qu'on aurait ainsi en moi un auxiliaire utile.

" Avant de m'engager, je voulus connaître le chef

* *De Didier et autres conspirateurs sous la Restauration*, lettre à M. le rédacteur de la *Gazette du Dauphiné*, par F. Gros, avocat à la cour royale de Paris. Paris, 1841.

et le but de l'entreprise ; j'interrogeai Joannini
pour le faire sortir du vague où il s'était jusque-là
renfermé. Il m'avoua alors que la Conspiration
avait pour objet de placer le duc d'Orléans sur le
trône, et, prenant la froideur que je lui témoignais
pour de l'incrédulité, il me montra une lettre où
ce prince n'était pas, à la vérité, nommé expressé-
ment, mais où il était désigné de manière à ce
qu'il fût impossible de ne pas le reconnaître.

" Joannini attribuait cette lettre à Didier, et je
crois que je pourrais encore en reconnaître l'écri-
ture, si elle m'était présentée.

" ...... *Un prince, y était-il dit, qui, dès sa
première jeunesse, a donné des gages à la liberté ;
qui a bravement combattu dans nos rangs, et dont
les convictions libérales sont telles que, ne pouvant
s'empêcher de les manifester, elles le font tenir en
état de suspicion par les autres membres de sa
famille....*"

" Telles étaient, sinon les expressions textuelles
de l'écrit qu'on me montra, du moins leur sens
positif et que je n'ai jamais oublié.

" Agé alors de vingt-deux ans, dévoué à l'Empereur, auquel je devais mon éducation dans un
lycée et mon grade d'officier, libre d'ailleurs envers
les Bourbons, dont en 1814 j'ignorais même jusqu'à l'existence ; rattachant leur présence en France

H

aux désastres de nos armées, et les confondant tous, sans exception, dans mes sentimens de haine pour les étrangers qui nous les avaient ramenés, je refusai nettement de prendre part à un complot où l'un des membres de cette famille pourrait se trouver intéressé."

L'histoire n'a rien à ajouter à une déclaration si positive.

Le commandement de la 7e division militaire appartenait à M. le lieutenant-général Donnadieu, franc royaliste, tout dévoué aux Bourbons ; il avait, auprès de ses amis, et même des hommes impartiaux, le renom d'un officier aussi instruit, que brave et loyal.

A peine arrivé à Grenoble, le général Donnadieu appela l'attention du ministre de la guerre sur l'insuffisance des forces militaires de la division. A plusieurs reprises, et pendant les premiers mois de 1816, le général réclama une augmentation des brigades de gendarmerie, et l'envoi à Grenoble d'une des légions du Midi. Chacune de ces demandes était accueillie par un refus ; le ministre de la guerre ajoutait qu'il avait exposé sa demande au Conseil et que le ministre de la police, M. Decazes, avait chaque fois répondu que Grenoble et le département étaient parfaitement tranquilles, et que les troubles et les conspirations n'existaient que dans la tête du général Donnadieu. — Il fallut la rébellion du Grand-Lemps et de Saint-Amartin pour décider l'administration centrale à envoyer dans le département un bataillon des chasseurs d'Angoulême, qui arrivèrent le 24 mars à Grenoble, où ils formèrent la légion de l'Hérault. Sans attendre de nouveaux ordres, le général Donnadieu crut devoir ajouter à ce renfort quatre-vingts hommes des dragons de la Seine, alors à Valence.

Quelques autres mesures, telles que le renvoi de tous les officiers à la demi-solde nés en Piémont ou en Savoie, et dont le nombre était assez considérable à Grenoble ; l'exil hors de la division de trois officiers supérieurs, et de quelques personnes obscures signalées à tort ou à raison par l'exaltation de leurs sentiments bonapartistes, complétèrent les dispositions, au prix desquelles le préfet et le commissaire de police prétendirent acheter la tranquillité du département.

Ce fut là tout.

Dans son *Mémoire au Roi*, le général Donnadieu a écrit que, sachant bien par le baron de Damas, gouverneur de la dix-neuvième division militaire, la présence de Didier dans le département de l'Isère, il en avait plusieurs fois communiqué la nouvelle au préfet et au commissaire de police ; mais que l'un et l'autre avaient toujours répondu comme répondait le ministre Decazes, savoir : que le général Donnadieu rêvait, et que depuis longtemps Didier était loin du pays.

Pendant que les choses allaient ainsi, et que, seul contre tous, le général Donnadieu cherchait à démêler, dans les bruits confus de l'horizon, de quel côté venait le vent et soufflait la tempête, Didier, qui avait parcouru la Savoie, visité Genève et Milan, pour s'assurer une dernière fois du concours de plusieurs affidés que la proscription de 1815 avait jetés dans toutes les capitales de l'Europe, voisines de la France, Didier était enfin rentré dans l'Isère.

On touchait alors aux derniers jours d'avril ; de tous côtés arrivaient les renseignemens les plus favorables, les assurances les plus positives ; le faisceau de la Conspiration se serrait de jour en jour ; le nœud qui le liait au comité insurrectionnel de Paris et aux agitateurs qui lui étaient subalternes paraissait bien arrêté ; — le moment approchait.

En attendant, le ministère prêtait aussi de son mieux les mains à la Conspiration. Didier ne redoutait qu'un seul homme dans Grenoble : c'était le général Donnadieu : et, dès le commencement d'avril, M. Decazes proposait au ministre de la guerre le changement de résidence du général ;

mais le duc de Feltre, ne voyant aucun motif d'enlever M. Donnadieu au commandement de la 7 division, refusait d'accéder à la demande singulièrement intempestive du ministre de la police.

Le général restait donc à son poste, cela ne pouvait faire le compte de personne ; aussi quelques jours après, le 28 avril, était-il mandé à Besançon pour présider le conseil de guerre devant lequel allait paraître le général Marchand. — Qui donnait encore cet ordre ? Le ministère.

Si une injonction pareille n'était que le résultat d'un concours de circonstances ordinaires, il faut convenir que ces circonstances sont bien accusatrices, et qu'elles venaient fort à propos seconder les mystérieuses réclamations du chef suprême de la police.

La manière dont le général Donnadieu s'est expliqué sur ce fait, dans son *Mémoire au roi*, démontre assez clairement qu'il n'attribuait pas à un simple effet du hasard, le choix qu'on avait fait de sa personne pour composer un conseil de guerre à soixante lieues de la division militaire qu'il commandait.

Dans cette circonstance, le général ne prit donc conseil que de son dévouement au roi, pour désobéir aux injonctions du ministre. Il répondit que Grenoble réclamait impérieusement sa présence, et qu'il attendait de nouveaux ordres.

Nous verrons plus tard comment, pour placer ce général dans l'impossibilité d'exercer un commandement qu'il mettait tant d'obstination à vouloir conserver, Didier devait suppléer à l'inefficacité imprévue des ordonnances ministérielles et des sollicitations de M. Decazes. Continuons.

Le duc de Berry venait d'épouser Marie-Caroline, fille du roi des Deux-Siciles. Les jeunes époux arrivaient en France pour y trouver, à dix ans d'intervalle, l'un la mort, l'autre l'exil. Les troupes s'échelonnaient de Marseille à Paris, sur les principaux points de la route que devait parcourir le cortége royal : c'était le 3 mai, et le lendemain, au jour naissant, une partie de la garnison de Grenoble se mettait en marche par Saint-Vallier, Vienne et Lyon ; déjà le maréchal-de-camp, le chef d'état-major et ses officiers avaient pris les devants.

Triste pressentiment ! ce fut par une conspiration, une attaque à main armée, et quelques jours après, par une expiation sanglante que s'est inaugurée l'entrée du duc et de la jeune duchesse de Berry en France !

Le poignard de Louvel, la route de Rambouillet à Cherbourg, la citadelle de Blaye, tout cela était déjà écrit au livre des destinées, dans la nuit du 4 mai 1816.

C'est, en effet, cette nuit que Didier avait choisie pour l'exécution du complot.

Tout était préparé.—Instruit de l'importante réduction de la garnison de Grenoble, Didier qui n'attendait plus que cette circonstance, rédigea, le 2 mai, la note que voici :

" Mon cher ami,

" Malgré toutes les difficultés ordinaires dans de pareilles affaires, nous avons enfin terminé. On est d'accord sur tout, et on ne s'occupe plus à présent que de la noce qui est fixée à dimanche. Nous vous invitons à nous faire le plaisir d'y venir ; nous comptons sur vous, et vous devez être bien persuadé qu'en amenant vos amis, vous nous ferez d'autant plus de plaisir que vous serez plus nombreux.

" Comme la fête doit être, je vous l'avoue, sans façon, vous nous ferez plaisir si vous nous apportez quelques provisions."*

Nous n'entrerons pas dans les détails des divers combats que les insurgés livrèrent aux troupes de la garnison, et dans lesquels ils déployèrent une valeur digne d'une meilleure cause ; il nous suffira

---

* Ce fut Durif qui, après son arrestation, remit au commissaire de police de Grenoble ce billet reconnu et avoué par Didier, dans son interrogatoire devant la cour prévôtale.

de dire qu'ils furent repoussés sur tous les points, et que Didier, qui s'était montré chef non moins habile qu'intrépide soldat, eut à peine le temps de gagner les bois de Saint-Martin-d'Hères, commune voisine de ces déplorables collisions !

Le lendemain, à cinq heures du soir, le colonel de Vautré rentrait à Grenoble, suivi de trois voitures chargées de fusils et de prisonniers.

Le même jour, la Cour prévôtale était saisie de l'instruction de l'affaire, et le 6 mai, le Grand-Prévôt Planta écrivait au général Donnadieu la lettre suivante, première page juridique de cette triste procédure :

" Je crois précieux à la sûreté publique de vous communiquer quelques-uns des résultats que nous venons d'obtenir de notre dernier interrogatoire.

" Le mouvement d'avant-hier n'est pas une pure tentative bien folle et bien hasardée de quelques jeunes gens étourdis autant que factieux, ameutant des paysans imbéciles et quelques soldats avides de nouveaux brigandages. Il avait à sa tête un homme excessivement fin et adroit, timide par nature, et qui ne se serait pas légèrement exposé à de grands périls sans une forte probabilité de succès. Il s'agit du sieur Didier, avocat, ex-maître des requêtes avant les Cent-Jours, qui a trahi successivement tous les gouvernemens que la France a eus depuis vingt ans. Cet homme était avec les brigands rassemblés à Eybens. Il dirigeait tous les mouvements. Il se flattait d'une réussite immanquable à Grenoble et comptait se porter ensuite sur Lyon. Tout annonce donc de nombreuses intelligences avec les Jacobins, les Napoléonistes, les amateurs de guerres perpétuelles et les hommes qui vivent de révolutions. C'est le moment, ce me semble, de prendre contre eux de grandes précautions et même des mesures décisives.

" Auprès de Didier était le nommé Cousseaux, chef du ramas connu sous le nom de *Bataillon sacré* pendant les Cent-Jours. Cet homme signait comte Bertrand au bas des réquisitions qu'il frappait sur les paysans.

" Enfin, un être fort énigmatique que l'on qualifiait du titre de général, semblait être un objet de respect de la part de Didier et de Cousseaux. Cet homme parlait peu à Eybens ; petit, trapu, marqué de petite-vérole, il était en habit bleu et gilet blanc et portait un chapeau rond.

" On croyait le préfet parti dans l'après-dinée. On avait la certitude de vous arrêter ainsi que les diverses autorités, lesquelles devaient être toutes

I

renouvelées, la noblesse eût été emprisonnée, etc.,
etc."

Tristes conséquences des révolutions ! Ce
royaliste si fougueux, qui accusait Didier d'avoir,
depuis vingt ans, trahi tous les gouvernemens de
la France, avait été lui-même tour à tour, volon-
taire royal, révolutionnaire, jacobin, impérialiste;
et, à ce moment même, il n'attendait qu'un prétexte pour s'enrôler à la suite de M. Decazes sous
les drapeaux du libéralisme et de l'opposition.

Installée depuis un mois à peine, la Cour prévôtale de Grenoble ne s'était encore occupée d'aucune procédure criminelle, lorsque le 6 mai, quatre
des cent-vingt prisonniers qui encombraient la
maison-d'arrêt, furent amenés devant elle. La
séance fut courte ; les prévenus marchaient au devant de l'accusation ; et, le soir du même jour, sur
les réquisitions de M. R. Mallein, procureur du roi,
la Cour prononçait la peine de mort contre trois
des prévenus ; le quatrième était renvoyé absous.

Drevet, ancien soldat de la garde impériale, âgé
de trente ans à peine, Buisson, marchand épicier,
et David, tous trois de la Mure, étaient les victimes désignées.

Personne n'ignore combien les formes des Cours
prévôtales étaient promptes et expéditives ; on sait
que nul appel ne pouvait frapper leurs arrêts sou-

verains ; à peine donc la triple condamnation était-
elle prononcée, que déjà le bourreau apprêtait les
instrumens du supplice.

L'autorité, pendant ce temps, ne sommeillait
pas ; voici de quel commentaire M. de Montlivault accompagnait sa proclamation du 5 :

ART. Ier.—Tous ceux qui, dans les vingt-quatre heures,
n'auront pas fait remise, à la mairie de leur commune res-
pective, des armes de guerre et des cartouches qui se trouvent, de quelque manière que ce puisse être, à leur disposition, seront considérés comme complices de la sédition et
poursuivis criminellement comme tels ; seront au même cas,
tous ceux qui connaîtraient quelque dépôt d'armes ou de
cartouches et qui n'en feraient pas la déclaration.

ART. 2.—Toute personne convaincue d'avoir donné asile
aux rebelles qui ont marché contre Grenoble, dans la nuit
du 4 au 5 mai, sera considérée comme complice et poursuivie criminellement comme telle.

ART. 3.—Une récompense, depuis cent francs jusqu'à
trois mille francs, est promise à tous ceux qui livreront les
auteurs, chefs ou fauteurs de la sédition.

ART. 4.—Le nommé Guillot, ancien officier de la Mure,
qui a dirigé l'insurrection de cette commune, et qui, sauvé
déjà une fois de la peine capitale par Mgr le duc d'Angoulême, s'est couvert ainsi de la double infamie d'ingratitude
et de trahison, est dénoncé à la vindicte publique. Celui
qui le livrera à la cour prévôtale aura une somme de cinq
cents francs.

7 mai.

N'était-ce donc qu'en donnant un prix à la

trahison et à l'infamie, en amorçant toutes les
viles passions de la nature humaine, que le pouvoir devait obtenir raison de ses ennemis ? Sans
doute, un gouvernement attaqué a le droit de se
défendre; mais, pour cela, n'a-t-il pas assez de
force, de puissance et de moyens, sans appeler encore à son aide la délation et la cupidité ? Le
prix du sang, cette dernière raison des traîtres,
imprimera toujours une tache ineffaçable au front
des gouvernements assez lâches pour l'escompter.
Et qu'était-il, d'ailleurs, besoin de promettre des
récompenses ; les cachots ne regorgeaient-ils pas
de malheureux, et le bourreau n'attendait-il pas
ses victimes ?

Le mercredi, 8 mai, à quatre heures de l'après-
midi, les portes de la prison de Grenoble s'ou-
vraient devant une foule immense, morne, inquiète, qui, depuis plusieurs heures, encombrait
les avenues de la place Saint-André, la grand-Rue
et la place Grenette, au milieu de laquelle était
dressé l'échafaud. Des gendarmes parurent les
premiers ; deux prêtres venaient ensuite, soutenant
par le bras les deux condamnés Drevet et Buisson ;
quant à David, il attendait du fond de sa prison la
clémence du roi que le général Donnadieu avait
sollicitée pour lui.

En apercevant cette foule pressée, Drevet maîtrisa

l'émotion convulsive que donne aux hommes même les plus courageux l'approche de la mort, et, d'une voix forte, il cria : *Vive l'Empereur !* — *Vive l'Empereur !* répéta Buisson ; *Vive le Roi !* crièrent quelques voix perdues dans la foule.

Drevet était de taille moyenne, bien que d'une constitution forte et robuste ; Buisson se distinguait de lui par un port élevé, par la noblesse et la régularité de sa figure ; rien ne trahissait les angoisses du moment suprême auquel ils touchaient tous deux ; et le peuple, si avide de lire les convulsions de l'agonie dans les taches livides qui jaspent le visage des condamnés à mort, le peuple contemplait avec stupeur la pâleur matte, les contractions à peine visibles des lèvres qui seules décelaient, chez ces malheureux, la pensée du supplice qu'ils allaient subir.

Le peuple comprit quelles grandes choses ce devait être que celles qui donnaient à ces hommes marchant à la mort tant de courage et de sérénité : la gloire, l'amour de la patrie et de la liberté.

Au pied de l'échafaud, Drevet et Buisson criaient encore : *Vive l'Empereur !* et liés à la planche fatale, le dernier mot que balbutiait leur bouche, c'était un mot de gloire ;— leur tête tomba aux cris de *Vive le Roi !* car, sur cette place où s'agitait la foule, il se trouva des hommes qui eurent le triste courage d'accepter le dernier défi des deux condamnés !!!

Ce fut dans l'après-midi du 6 que le télégraphe apporta au ministère la nouvelle de l'insurrection tentée contre Grenoble. Cette nouvelle produisit dans le Conseil du roi une sensation d'autant plus vive, qu'elle confirmait les craintes et les pressentiments de quelques-uns, et donnait un démenti aux dénégations optimistes des autres. Depuis l'installation du nouveau ministère, il ne s'était passé aucune semaine sans que M. de Vaublanc ne communiquât au Conseil les renseignements émanés de sa correspondance, et les sérieuses appréhensions que lui inspiraient les intrigues dont Paris, le Dauphiné et plusieurs points de la France étaient le théâtre. L'imperturbable assurance avec laquelle le ministre de la police accueillait chacun des assertions de son collègue, l'autorité qu'avait le langage artificieux de M. Decazes sur la parole franche et honnête de M. de Vaublanc, suffisaient, pour donner aux communications et aux idées de ce dernier, un caractère d'inopportunité et de terreur pusillanime fort peu en harmonie avec la confiance et la quiétude du favori de Louis XVIII ; car, si l'on accordait volontiers que le ministre de l'intérieur pouvait savoir quelque

chose, il était difficile de ne pas convenir que rien
ne devait échapper au ministre de la police. Dans
une situation pareille, la puissance de ce dernier
s'agrandissait donc de tout ce que le ministre de
l'intérieur perdait en autorité.

Aigri par le spectacle de tous ces déchiremens,
obligé de disputer chaque jour pied à pied quelques pouces du terrain que M. de Richelieu lui
enlevait par sa faiblesse, et M. Decazes par ses
intrigues, M. de Vaublanc n'avait plus qu'un seul
parti à prendre, celui de se retirer et de céder le
pas au favori ; à M. Decazes, qui se riait de ses
terreurs de Cassandre, endormait la sollicitude de
Louis XVIII par des rapports faux et mensongers,
des pièces apocryphes, et faisait présenter la loi
du 29 octobre, tout en favorisant par-dessous
main les menées des factieux.

Entre M. Decazes et M. de Vaublanc, les choses
en étaient venues à ce point que déjà le Conseil du
roi avait été témoin non-seulement des dissensions
des ministres rivaux, mais encore de leurs violentes
querelles. Ainsi un jour, à propos d'une nouvelle
communication de M. de Vaublanc sur les ma-
nœuvres séditieuses de Paris et du Dauphiné, une
discussion très vive s'étant engagée entre M. Decazes et M. de Vaublanc, le favori de Louis
XVIII s'oublia jusqu'à dire à celui-ci : " *Vous*

n'êtes que le ministre du comte d'Artois, et vous voudriez être plus puissant que les ministres du roi."—" *Si j'étais plus puissant que vous, s'écria* M. de Vaublanc, *j'userais de mon pouvoir pour vous faire accuser de trahison, car vous êtes, M.* Decazes, *traître au roi et au pays."*

Le Conseil se sépara sous le coup d'une pénible émotion, et, quelques jours après, le télégraphe apportait à Paris la nouvelle de l'insurrection de Grenoble.

Ainsi se trouvèrent cruellement confirmées les prédictions de M. de Vaublanc ; ce ministre alors donna sa démission, et M. Barbé-Marbois partagea la disgrâce de son courageux collègue. Le portefeuille de l'intérieur fut confié à M. Lainé, et celui de la justice remis par intérim entre les mains de M. d'Ambray. Ce n'étaient certes pas ces deux personnages, le dernier surtout, qui pouvaient porter ombrage à M. Decazes ; le ministre de la police restait donc maître du champ de bataille. On va voir quel usage il fera de son omnipotence.

La Conspiration de *l'Indépendance nationale* avait échoué ; la précision de la dépêche télégraphique ne pouvait laisser aucun doute à cet égard. En cet état de choses, quel parti restait-il à prendre au ministre imprévoyant et coupable ? La mansuétude envers les factieux eût trahi peut-être

une complicité dont, à tout prix, il fallait écarter
le soupçon ; la sévérité brisait, au contraire, tout
lien avec les transactions passées ; entre ces deux
extrêmes, le choix de M. Decazes ne fut ni long,
ni douteux : troublé, inquiet, le ministre pensa
que son pouvoir, sa faveur étaient au prix d'une
conduite énergique, violente, implacable, qui pût
mettre un abîme infranchissable entre les factieux
et lui. Dans les calculs de son ambition et les
concessions infinies de son âme, M. Decazes cal-
culait froidement que la rigueur après l'événement devait s'augmenter de toute l'indifférence
qu'on avait mise à l'empêcher.

M. Decazes trouva Louis XVIII disposé à la
rigueur ; les raisons que nous venons d'énumérer
influaient puissamment sur l'esprit de Sa Majesté,
et Louis XVIII, nous l'avons dit, voulait surtout
régner tranquille. Sacrifiant, comme toujours,
toute chose aux nécessités du moment, aux fatales
exigences d'une position équivoque, M. Decazes, à
la première nouvelle de la défaite insurrectionnelle,
avait donc fait au roi un tableau chargé des plus
noires couleurs, et présenté l'affaire de Grenoble
comme des plus dangereuses pour la monarchie, —
mieux que personne, M. Decazes était à même
d'affirmer pareille chose, — si des ordres sévères,
des mesures impitoyables ne venaient pas aussitôt

étouffer dans son germe un complot redoutable :
Louis XVIII se reposa tout entier sur un zèle si
ardent, un dévouement si chaleureux ; et, s'il ne
conseilla pas la rigueur, du moins la laissa-t-il facilement s'acclimater au sein de son ministère.

Rien ne devait donc plus arrêter M. Decazes.
Les actes qui vont passer sous nos yeux ont tous
été dictés ou inspirés par lui : la responsabilité lui
en revient donc tout entière, et, dès ce moment, le
mauvais génie de cet homme va dominer la situation.

Le 6 mai, des courriers emportaient dans les
départements une circulaire prescrivant les mesures les plus rigoureuses ; au même moment, le
télégraphe transmettait au général Donnadieu et
au préfet Montlivault l'ordre de mettre Grenoble en
état de siége.

Voici la circulaire :

   " Monsieur le Préfet,

   " J'apprends qu'une poignée d'insurgés vient de
se porter sur Grenoble, et que déjà la plupart ont,
sous les murs mêmes de cette ville, reçu le châti-
ment de leur témérité. Quoique peu nombreuse,
la garnison les poursuit sur tous les points de leur
retraite. Elle a dû rentrer dans la place avec un
nombre considérable de prisonniers ; mais comme
il importe d'arrêter le mal dans sa source, et d'em-

pêcher les communications que des factieux aussi
désespérés pourraient s'être ménagées dans les pays
circonvoisins, comme il serait possible que vous
fussiez menacé d'y voir éclater des mouvements
semblables, je me suis empressé de vous dépêcher
une estafette, afin que vous fussiez sur vos gardes,
toujours prêt à agir et à seconder l'ensemble des
opérations qu'exigerait l'urgence des circonstances.

" Si vous apercevez le plus léger symptôme de
soulèvement, ne balancez pas. La plus grande
vigueur et une rigueur égale doivent être déployées
dès le principe. L'hésitation seule serait coupable,
parce que les suites en seraient incalculables. En
pareil cas, un pouvoir discrétionnaire est laissé
aux magistrats. Ce danger, je l'espère, n'aura
point gagné votre département, mais il faut le
prévenir ; il faut être en mesure de porter des
forces là où il se manifeste ; il faut contribuer à
sauver la chose publique. Ce n'est pas le déploie-
ment du pouvoir et de la force qui alarme, c'est le
mal lui-même dont on se plaît à exagérer la gravité et l'importance, lorsqu'on ne voit pas qu'il y
soit apporté un prompt remède.

" La gendarmerie doit rester toujours sur pied,
et ne faire aucun quartier aux premiers rebelles
qui oseraient se montrer. Tout canton insurgé
(je suppose ici un état de choses qui, sans doute,

n'existe point dans votre département) doit être considéré comme en état de siége. Concertez-vous avec l'autorité militaire; agissez à propos et avec célérité : tout ce que vous aurez fait d'accord aura l'approbation du roi.

 " Dans une occasion où il faut multiplier les moyens de police, ne soyez pas arrêté par le défaut de fonds ; toute dépense que vous aurez reconnu nécessaire vous sera remboursée.

 " Si vous aviez sujet de concevoir des inquiétudes réelles dans le pays que vous administrez, vous êtes pleinement autorisé à vous assurer de celles des personnes dont les mauvaises dispositions vous sont connues et qui vous paraîtraient dangereuses.

 " Je vous laisse à cet égard toute la latitude nécessaire, et la délégation, en tant que de besoin, de tous les pouvoirs conférés par la loi du 29 octobre.

 " Mettez la garde nationale en mouvement ; veillez à ce que les points les plus importants soient occupés ; stimulez le zèle des fidèles serviteurs du roi ; promettez des récompenses à ceux qui feraient d'utiles révélations ; ne négligez rien pour arriver à connaître les chefs et l'étendue du complot, et les moyens des affiliés. Si le gouvernement pouvait concevoir des inquiétudes réelles d'un mouvement qui paraît avoir été réprimé d'une manière aussi prompte que rapide, il serait plus que rassuré sur les suites, par la connaissance qu'il a de votre vigilance et de votre fermeté.

" Afin de faciliter vos relations, vous trouverez ici la liste des départements auxquels j'envoie de semblables instructions :

" Isère,— Rhône, — Hautes et Basses-Alpes,— Drôme, — Côte-d'or, — Saône-et-Loire, —Ain, — Jura, — Doubs, — Puy-de-Dôme, — Haute-Loire, — Loire,—Ardèche et Lozère.

" Multipliez vos relations, dépêchez-moi un exprès au moindre mouvement, prenez conseil des circonstances ; usez de la latitude qui vous est accordée, vous pourrez compter sur l'approbation comme sur l'appui du gouvernement."

Cette circulaire, datée de Paris, 6 mai, à 6 heures de soir, est signée du ministre secrétaire d'état au département de la police, comte Decazes ; la dépêche télégraphique est du même jour et de la même heure, en voici la teneur :

Le département de l'Isère doit être regardé comme *en état de siége :* les autorités civiles et militaires ont *un pouvoir discrétionnaire.*

Il est nécessaire de se pénétrer de l'esprit et de la portée des deux pièces qu'on vient de lire, car elles sont le point de départ, la clef de voûte de tout ce qui va suivre.

Pouvoir discrétionnaire aux mains de l'autorité administrative et militaire; appel à toutes les mesures exceptionnelles, en cas de rébellion ou par simple mesure de police; violation enfin de l'article 63 de la charte de 1814 prohibant, d'une manière absolue, le rétablissement des conseils de guerre et des tribunaux exceptionnels : voilà, en résumé, toute la pensée du ministre favori.

Le 9 mai, la Cour prévôtale remettait ses pouvoirs à la justice militaire; un conseil de guerre était créé. Il se composait de MM. de Vautré, colonel de la légion de l'Isère, président; Duclaux-d'Eymard, chef-de-bataillon; Guenerat et Demarry, capitaines; Mack, lieutenant; Benoît, sous-lieutenant; Paquel, sergent-major; Charpenay, capitaine, faisant fonction de procureur du roi; Roudier, capitaine-rapporteur; Bernard, greffier.

On sait avec quelle effrayante rapidité l'instruction se poursuivit devant les commissions militaires. Nanti des informations et des interrogations auxquelles la Cour prévôtale travaillait depuis cinq jours sans désemparer, le Conseil de guerre se réunit le jour même de sa formation; et, à onze heures du matin, trente accusés furent amenés devant lui.

Les débats furent rapides.

Au reste, les charges accusatrices n'étaient que trop concluantes. Pris, la plupart, les armes à la

main, les rebelles ne pouvaient attendre ni grâce,
ni merci devant un conseil de guerre, juge souverain d'une ville en état de siége. Le crime flagrant,
les prévisions de la loi étaient formelles et la peine
écrite d'avance. Aussi, lorsqu'après une séance
de huit heures à peine, le président eut recueilli
les voix et prononcé l'arrêt qui condamnait vingt-
et-un accusés à la peine de mort, cette terrible
sentence ne rencontra-t-elle dans l'auditoire qu'un
sentiment de douleur et de pitié. —

Ce jugement fut rendu à l'unanimité. — Il était
nuit ; la foule s'écoula en silence.

C'était le 10 mai, — un vendredi. La journée
avait été brûlante, de gros nuages gris poussés par
le vent du Sud s'amoncelaient vers l'horizon ; bien
qu'il fût à peine cinq heures du soir, le soleil semblait avoir devancé son déclin, et la nature était
parée de cette teinte quelquefois si sombre et si
mélancolique des premiers jours du printemps, ou
des dernières soirées d'automne.

Ce jour-là, à quatre heures et demie, le glas

des funérailles sonnait à l'église Saint-André. Au tintement lugubre de la cloche, quatorze condamnés sortent un à un de la prison située en face de cette église. La foule qui se presse sur leurs pas les compte avec terreur; quatorze prêtres les accompagnent, un crucifix à la main. Escorté par un détachement de gendarmerie, ce triste cortége s'avance lentement par la rue du Quai, par le Pont de Pierre, et, quelques minutes après, il voit briller devant lui les baïonnettes des légions rangées en bataille sur l'esplanade de la porte de France; c'étaient les légions de l'Isère et de l'Hérault, les dragons de la Seine, la garde nationale à cheval qui formaient un carré long, ouvert du côté de la Porte de France, et fermé du côté opposé par un détachement de cent hommes pris en nombre égal dans les deux légions. Ce détachement tournait le dos à l'intérieur du carré.

Les portes de la ville étaient fermées, les rues étaient désertes; tous les cœurs se serraient de tristesse, le deuil assombrissait tous les visages; un sentiment général de pitié avait remplacé l'ivresse politique saluant du cri de *Vive le roi !* la mort de Drevet et de Buisson; Grenoble oubliait ses maisons marquées à la craie, la dévastation et le pillage qu'on disait avoir été organisés contre elle; Grenoble pleurait les enfants de ses montagnes qui, si jeunes, allaient mourir sous la balle des soldats.

Le cortége avait atteint l'esplanade de la Porte de France, vaste emplacement au nord de la ville, baigné d'un côté par l'Isère, et de l'autre bordé par un berceau de platanes et de sycomores. Alors les condamnés s'agenouillèrent sur le bord du fossé, les prêtres leur portèrent une dernière fois le crucifix aux lèvres ; le détachement qui était à l'extrémité du carré fit volte-face, et quelques secondes après, les quatorze malheureux tombaient percés de cent balles.

Aucun cri, aucune clameur sacrilége ne se mêlèrent à cette affreuse exécution.

Pendant ce temps, la demande en grâce, les suppliques en commutation de peine adressées à la clémence royale par le général Donnadieu, étaient arrivées à Paris, avec l'ordre de sursis délibéré en faveur de deux des condamnés.

Le Ministre de la police, le chef réel du gouvernement, voyait ainsi revenir par lambeaux dans ses mains la conspiration qu'il avait laissé ourdir à ciel ouvert et dont il aurait pu facilement empêcher l'explosion. M. Decazes, disons-nous, semblable à ces misérables qui allument pendant la nuit des signaux trompeurs à l'entrée des rescifs ou des passes dangereuses de leurs côtes inhospi-

talières, afin de recueillir ensuite les débris du
naufrage, et de rançonner les malheureux qu'ils
ont fait échouer sur la grève, pouvait contempler,
à cette heure, les épaves de l'insurrection qui cou-
vraient la ville de Grenoble : il ne lui restait plus
qu'à tirer le meilleur parti possible de ces débris
et à escompter au taux le plus élevé le sang de
tant de victimes. Pour faire excuser une conduite
plus qu'équivoque, il fallait que ce ministre provocateur rompît d'une manière éclatante avec le
passé, et se montrât aussi impitoyable qu'il avait
été temporiseur et imprévoyant ; il fallait qu'il
repoussât ainsi, à tout événement, jusqu'à l'ombre
d'un doute sur de coupables connivences ou de
révolutionnaires sympathies.

Aussi, les demandes en grâce ou en commutation de peine trouvèrent-elles le Ministre de la
police inflexible ; et comme, mieux que personne,
il connaissait les ramifications et la valeur du
complot, il sut prouver au roi que l'on devait, une
fois pour toutes, en finir avec les hommes de la
Révolution, et, par un exemple sévère effrayer à jamais ceux qui seraient tentés de les imiter. Il ne
fut donc pas difficile au ministre favori de faire
acte d'influence, d'autorité suprême, ni de dépouil-
ler Louis XVIII de la plus belle des prérogatives
de sa couronne, du droit de faire grâce. M. De-

cazes exigea la mort des condamnés ; la tranquillité du royaume était, disait-il, à ce prix.

Voici la mémorable dépêche dont le souvenir
est encore aujourd'hui un souvenir de frémisse-
ment et d'horreur ; expression complète des
cruelles exigences et des terreurs secrètes du Ministre de la police, cette réponse aux prières de
toute une ville implorant la clémence royale pou
vait-elle revêtir une forme plus impitoyable que
celle-ci ?

" *Dépêche télégraphique de Paris, du* 12 *mai* 1816, *à
quatre heures du soir.*

Télégraphe. — Ligne de Lyon.

" Le Ministre de la police générale,

" Au général Donnadieu, commandant la 7 division militaire.

" Je vous annonce, par ordre du roi, qu'il ne faut accorder de grâce qu'à ceux qui ont révélé des choses importantes.

" Les vingt-un condamnés doivent être exécutés, ainsi
que David.

" L'arrêté du 9 relatif aux recéleurs ne peut pas être exécuté à la lettre.

" On promet vingt mille francs à ceux qui livreront
Didier.

" Lyon, le 14 mai, à 9 heures du matin.

" Pour copie conforme :

Signé, " S. DESROYS."

Nous ne dirons point avec quelle profonde stupeur, Grenoble accueillit cet ordre sanguinaire que rien au monde ne pouvait justifier, pas même les plus rigoureuses exigences de la politique ; et si personne ne se trompa sur la main qui dirigeait le coup, si le nom de M. Decazes fut voué, par ce fait, à l'exécration, il n'en est pas moins vrai que la monarchie des Bourbons reçut dans ce jour une atteinte terrible dans l'affection de tous.

M. Decazes voulait ajouter sept noms à la liste déjà trop longue des expiations du 4 mai ; il fallut bien lui obéir ; les sévères injonctions que le ministre adressait depuis huit jours à ses subordonnés, les mesures extrà-légales qu'il avait prescrites, la manière odieuse et inolite dont il avait transmis l'ordre de tuer sur-le-champ, tout indiquait que le ministre était pressé, que M. Decazes n'attendrait pas. La dépêche télégraphique était parvenue au général Donnadieu dans la nuit du 14 au 15 ; — l'exécution fut fixée au même jour.

A quatre heures du soir Maurice Miard, un enfant de seize ans ! Jean-Baptiste Alloard, vieillard sexagénaire ; Claude Piot, soldat de la garde ; Belin ; Mary ; Hussard et Bard ;— ces trois derniers à peine hommes faits, — allèrent s'agenouiller sur le bord du fossé encore rouge du sang de leurs compagnons. Piot se lève ; soldat, il veut dire quelques mots d'adieux aux soldats du peloton ; et, comme Ney, commander peut-être le feu ; le roulement du tambour couvre sa voix, et il tombe avec les autres victimes. La balle a blessé Maurice Miard, sans lui arracher la vie ; ses bras s'agitent, il lève la tête au-dessus des cadavres de ses frères ; un second, un troisième feu mettent fin à ce spectacle qui arrachait des cris de pitié aux rares spectateurs de cette exécution.

Mais hâtons-nous d'en finir avec ces tristes détails, avec cette horrible boucherie que rien au monde n'excusera jamais : dangereuse, impolitique et inutile cruauté destinée à affermir un ministre sur son siége ; à le protéger contre des révélations que la suite des événemens devait amener peut-être, et à fermer l'esprit du roi aux accusations qui frappaient déjà la coupable imprévoyance du favori.

En voyant la triste manière dont avait été écouté son appel à la clémence royale, le général Donnadieu adressa au ministre de la guerre cette lettre qui respire une honorable sensibilité et toute la franchise d'un courageux défenseur de la monarchie :

15 mai 1816.

" Aujourd'hui, à quatre heures, les sept des vingt

et un malheureux condamnés à mort le 9, dont
l'exécution avait été suspendue jusqu'à ce jour,
ont subi leur jugement.

 " Monseigneur, autant ces châtimens produisent
un effet salutaire lorsqu'ils suivent, avec la rapidité de la foudre, le crime qui les a appelés, autant
ils peuvent produire un effet contraire sur l'esprit
des hommes, alors que le calme est rétabli, et que
l'idée du crime s'efface pour faire place à la com-
misération qu'inspirent des misérables entraînés
par de grands criminels, sur qui seul doit tomber
désormais toute la sévérité des lois. C'est pour
répondre, Monseigneur, à des ordres reçus aujourd'hui de leurs Excellences les ministres de la
justice et de la police, provoquant les mesures les
plus sévères d'exécution envers tous ces misérables,
que j'ai l'honneur d'adresser ces réflexions à votre
Excellence.

 " Ces ordres adressés au procureur-général et aux
autres premières autorités pouvant être mal inter-
prêtés dans les intérêts essentiels de Sa Majesté,
je crois extrêmement nécessaire et utile à son
auguste service que des interprétations justes
soient données, pour que les châtiments à exercer
à l'avenir ne tombent absolument que sur la tête
des principaux chefs ; qu'enfin, un zèle mal dirigé
et qui n'est exalté souvent qu'alors que le péril a

cessé, ne fasse pas imaginer que c'est en faisant couler des ruisseaux de sang, qu'on peut servir une cause aussi juste, et qui ne doit être étayée que sur des principes de bonté et de douceur, et non sur une cruauté inutile."

Après les lignes si cruelles, si brèves, si saccadées de la dépêche du ministre de la police, on aime à reporter les yeux sur des sentimens plus humains; dirons-nous toutefois assez tôt que l'homme qui, par devoir, avait écrasé l'insurrection, sollicité par générosité la grâce d'un tiers des coupables, et écrit contre un supplice inexcusable, cette protestation pleine de noblesse de cœur et de fermeté, s'est vu, depuis cette époque, abreuver d'amertume et de dégoût par la monarchie même qu'il avait servie et sauvée; — pendant que le provocateur et le signataire de la dépêche du 12 mai, comblé de richesses et d'honneurs par Louis XVIII, est encore aujourd'hui le favori d'un pouvoir nouveau.

Le lendemain, à onze heures, l'échafaud attendait David, le vingt-quatrième condamné à mort. David appartenait à la religion réformée; aucun prêtre ne l'accompagna au supplice : il mourut avec courage, comme étaient morts tous les autres.

Dans cette épouvantable série d'exécutions capitales, on ne comptait pas un seul des chefs de
la Conspiration ; tous avaient échappé au triste sort
qui venait de frapper les malheureux instruments
de leurs criminelles intrigues.   On a lu l'arrêté du
préfet Montlivault, résumé fidèle des prescriptions
ministérielles ; eh bien ! dans cette ordonnance qui
livrait tant de victimes à la cupidité des délateurs
ou au fer du premier assassin venu, a-t-on rencontré un seul nom connu, quelques personnages politiques ?   Où donc est le prince de Talleyrand ?
Où sont les noms des ministres démissionnaires et
de tous les débris de la chambre des Cent-Jours,
depuis huit mois signalés, soit dans les rapports
du chef de la police de Lyon, soit, plus tard, dans
le réquisitoire de M. de Chantelauze, soit enfin,
dans les révélations et les indications de tous ?
Les membres de l'*Indépendance nationale* étaient
connus du gouvernement, — il était impossible
qu'ils ne le fussent pas ; — leurs projets ne pouvaient être un mystère : ils coïncidaient trop fidè-
lement avec certaines candidatures proposées au
congrès des puissances ; pourquoi donc ne pas
poursuivre ces hommes, pourquoi au moins ne pas
les démasquer, dévoiler au grand jour leurs intri-

gues? peut-être eût-on épargné alors bien des
crimes politiques. Si, à défaut de preuves maté-
rielles, on n'avait que des preuves morales ; si l'on
craignait de frapper trop haut en frappant juste,
la main du bourreau devait-elle, pour cela, s'égarer
sur les enfants perdus d'un complot, dont ils
n'étaient ni les instigateurs, ni les chefs, et dont,
en cas de succès, ils eussent à peine profité ?

Epuiser sur les petits tous les châtiments qui
devaient être réservés aux grands ; produire le
dégoût de nouvelles peines par la satiété des peines
passées, cela était peut-être encore un moyen de
sauver ceux-ci des révélations compromettantes
qui pouvaient les atteindre : il n'est donc pas impossible que cette prévision soit entrée pour
quelque chose dans les calculs du Ministre de la
police, ordonnateur suprême de toute cette tragédie.

Ainsi, dès ce moment, les noms des puissants
personnages seront effacés ; les instigateurs, les
barons et les princes du complot disparaîtront de
la scène pour céder la place à de vulgaires comparses. De toute cette haute lignée d'intrigants
et de conspirateurs, un seul, le prince de Talleyrand, sera disgracié ; le reste ira se perdre dans
les salons de la banque, de la bourgeoisie ou du
Palais-Royal, et y formera ce noyau d'ambitieux
mécontents ; traîtres qui, pendant quinze ans, ont

M

eu deux serments à la bouche et ont joué cette fameuse comédie dont, naguère, un des leurs se glo-
rifiait à la tribune de la Chambre des Députés.
Les autres s'affilieront aux sociétés secrètes pour
abandonner lâchement à l'échafaud les quatre ser-
gents de la Rochelle, comme ils avaient déjà
abandonné Didier et ses complices.

A défaut des chefs qui se sont prudemment re-
tirés au terrible moment de la responsabilité, et
dont l'histoire ne retrouvera les noms qu'en 1830,
il faut revenir aux malheureux dont la tête était
mise à prix par les fidèles exécuteurs des ordres
de M. Decazes.

De tous ces proscrits, très peu ont été arrêtés;
et encore ne le furent-ils que longtemps après,
lorsque la réaction eut fait place à des idées plus
humaines et plus sages. Ainsi, Brun *le dromadaire*, condamné à dix ans de détention, se promenait en 1818, librement et sur parole dans les murs
de Grenoble. Le lieutenant Joly qui se constitua
prisonnier la même année, fut élargi par une ordonnance de non-lieu.

Nous avons laissé Didier au moment où il fuyait
devant les soldats du colonel de Vautré; pendant
quelque temps, les collines et les bois de St.
Martin-d'Hères le dérobèrent aux poursuites et
aux recherches des dragons de l'Hérault; puis il

s'enfonça dans les montagnes qui se prolongent jusqu'à Tencin, sur la rive gauche de l'Isère, recevant l'hospitalité de pauvres villageois dont un lui servit de guide pour franchir le col de la Coche, entre la Savoie et la vallée de l'Isère.

C'est dans ces montagnes que trois des compagnons de Didier, proscrits comme lui, Dussert, Durif et Cousseaux vinrent le rejoindre.

La première entrevue de ces hommes fut douloureuse ; le malheur rend injuste : Dussert et Durif reprochèrent à Didier de les avoir entraînés dans une affaire dont l'issue avait été si fatale ; Cousseaux exhalait, en maugréant, sa colère et ses imprécations.

Ils étaient tous quatre réunis dans une cabane de l'un de ces pauvres villages perdus sur les hauteurs des Alpes, le Rivier-d'Allemont, à peu de distance du col de la Coche. Cousseaux, Dussert et Durif étaient assis au coin d'une table ; malgré ses soixante ans, malgré la blessure que lui avait faite à la jambe la chute de son cheval tué sous lui, Didier se promenait à grands pas dans la cabane.

— " Vous nous avez trompés, disait Cousseaux à Didier, vous nous avez trompés : Marie-Louise n'était pas à Eybens, comme vous nous l'aviez fait accroire ; personne dans la ville n'a répondu au nom de l'Empereur......Vous nous avez trompés."

Didier, qu'une étrange préoccupation paraissait obséder, et qui, depuis la rencontre qu'il avait faite de ses compagnons d'infortune, subissait à chaque moment le supplice de leurs récriminations et de leurs plaintes amères, Didier se redressa tout-à-coup, et, se tournant vers Cousseaux : "Je vous ai trompés, dites-vous ; mais la haine implacable que je porte aux Bourbons, celle que vous leur portez aussi, vous qu'ils ont chassé, qu'ils ont dégradé, vous à qui ils ont arraché le pain de votre famille ; cette haine, est-elle donc un rêve, une illusion?...... Je vous ai trompés ! et quand bien même Napoléon n'eût pas été le nom de la victoire, la cause pour laquelle nous avons combattu en serait-elle moins sainte et moins vraie, l'indépendance nationale et la haine du Roi?".

A cette demi-révélation, Dussert, Durif et Cousseaux gardèrent le silence ; mais, le lendemain, en traversant la Combe d'Olle, vallon au fond duquel coule le torrent d'Olle, Dussert, le moins aigri des trois, s'approcha de Didier, le prit à part, et pendant que Durif et Cousseaux marchaient en avant, il le supplia de lui expliquer le sens énigmatique de ses paroles de la veille, en lui demandant quel était le prince qu'on eût placé sur le trône si le complot eût réussi.

— "Le duc d'Orléans, répondit Didier! —
" Le duc d'Orléans! s'écria Dussert ; la France
ne l'aurait pas voulu.— Cette hypothèse avait été
prévue, répondit Didier, et peut-être alors eus-
sions-nous déclaré une république."

Le duc d'Orléans! le duc d'Orléans! répétait
Dussert, le duc d'Orléans! —Bourbon pour Bourbon, j'aimais autant Louis XVIII.*

Les aveux de Didier avaient fait une triste im
pression sur l'esprit de ses anciens complices :
avoir été trahi par cet homme, c'était en quelque
sorte autoriser les représailles à son égard. En
fallait-il davantage pour faire germer les pensées
mauvaises dans des âmes sans élévation et des
cœurs sans générosité, lorsque avec cela la misère
et le malheur faisaient encore sentir leur terrible
aiguillon ?

Aussi, dès ce moment, la perte de Didier fut
résolue ; peut-être même l'était-elle déjà.

Après la scène d'imprécations dont nous venons
de parler, Cousseaux s'était séparé de Didier, et
c'est avec Dussert et Durif seulement qu'il arriva
le soir du même jour à Saint-Sorlin-d'Arves, petit
village de la Maurienne, où ils s'arrêtèrent tous

* Cette importante déclaration a été faite en 1819 par Dussert
lui-même à M. Joseph Rey, alors avocat à Grenoble.

trois chez un aubergiste, nommé Balmain. Didier était harassé de fatigue ; il souffrait beaucoup de la blessure qu'il s'était faite à la jambe ; à peine entré chez Balmain, il se jeta sur un grabat et s'endormit. Plus habitués aux courses des montagnes, moins âgés que lui, Dussert et Durif restèrent au coin du feu avec l'aubergiste.

Ce fut alors que ces deux hommes firent connaître à Balmain quel était le vieillard arrivé avec eux et qui reposait en ce moment. Ils dirent à Balmain qu'une forte somme d'argent avait été promise par la police française à celui qui livrerait Didier, ou ferait découvrir sa retraite. Que lui apprirent-ils après cela ? Quelle œuvre sans nom, comme celle des sorcières de *Macbeth* fut accomplie entre ces trois misérables ? quel pacte inconnu fut conclu entr'eux, nous ne savons ; mais, le lendemain, à l'aube du jour, Dussert, Durif et Balmain quittaient furtivement l'auberge de Saint-Sorlin-d'Arves pour se diriger du côté de Saint-Jean-de-Maurienne, où se trouvait le poste le plus voisin de la gendarmerie piémontaise, les carabiniers royaux.

Pendant que ces choses se passaient dans les montagnes de la Savoie, un habitant de l'Oisans, Jean-Baptiste Sert, beau-frère de Dussert, se présentait, le 9 mai, à la préfecture de Grenoble ; là, après avoir déclaré que la retraite de Didier lui était parfaitement connue, cet homme s'offrit à livrer le proscrit, au prix de la grâce de Dussert, et de celle de son parent Durif. M. de Montlivault promit à l'instant même la grâce demandée, et remit à Sert un écrit, gage de sa parole ; il s'engagea de plus à faire compter les vingt mille francs accordés par le ministre à celui qui livrerait Didier : mais Sert refusa ; il ne voulait, disait-il, que la vie sauve pour ses parents : plus tard, cependant, le prix du sang de Didier lui fut compté ; on saura à quelles conditions.

Après cette entrevue, Sert partit ; il gagna les montagnes de la Savoie, muni de la promesse du préfet Montlivault, et accompagné du brigadier de gendarmerie Tissot, et de quatre gendarmes qui devaient l'aider dans ses recherches.—Cinq jours après, Tissot revint avec ses gendarmes. Ils n'avaient pu découvrir la retraite de Didier ; Sert, qui voulait agir seul, ne leur avait donné aucune indication.

En quel lieu Sert rejoignit-il les fugitifs ? Quel accord existait-il entr'eux ? Il n'est pas besoin de le savoir ; mais quand Dussert, Durif et Balmain arrivèrent à Saint-Jean-de-Maurienne, Sert les y attendait déjà.

Lorsque, au lever du jour, Didier se réveilla, il

ne trouva plus avec lui dans l'auberge ni Dussert ni Durif, ni l'aubergiste lui-même. Etonné de cette disparition, il questionna la femme Balmain : cette malheureuse balbutia quelques mots et finit par se jeter aux pieds de Didier : " Sauvéz-vous, s'écria-t-elle, sauvez-vous ; vous êtes trahi, il y va de votre vie.".

Didier comprit. Courbé par l'excès de la douleur physique et des peines morales, Didier aurait eu besoin de quelques jours de repos : ses pieds étaient enflés ; les larmes du désespoir coulaient sur ses joues flétries ; son cœur se serrait en proie aux émotions les plus cruelles. Il partit cependant, ou plutôt il se traîna au milieu du bois voisin. Dès ce moment, perdu dans ces montagnes dont il ignorait les détours, dénué de toute ressource, Didier n'avait plus à attendre que la trahison, qui déjà le chassait de son dernier asile.

Un pâtre le conduisit jusqu'à l'entrée d'une gorge, par laquelle il aurait pu rentrer en France. Arrivé au sommet de la montagne, au pied de laquelle son guide l'avait laissé, Didier vit un brouillard épais lui dérober les traces du sentier qu'il avait à suivre ; les châlets n'étaient pas encore habités ; un effrayant silence régnait autour de lui ; aucun être vivant ne pouvait lui indiquer sa route ;

égaré au milieu de rochers inconnus ; livré à ce morne abandon qui a quelque chose de si accusateur pour une conscience troublée, Didier fut saisi d'une sorte de défaillance morale ; ses dernières forces l'abandonnèrent ;—*il se donna peur*, suivant l'énergique expression d'un paysan d'Arves qui racontait cette triste odyssée ; et, brisé de fatigue et d'émotions poignantes, il tomba sur la terre humide.

En ce moment, les jours qui venaient de passer présentèrent à son âme leur tableau de sang et de proscription. Il avait appris les désastres, la violente répression de la nuit du 4 mai ; dans ce pays où il marchait sans savoir, sans connaître, ne craignait-il pas de rencontrer encore quelques-uns de ses complices qui lui demanderaient compte du sang qu'il avait fait verser ?......Nul bruit du monde ne venait à son esprit, si ce n'est le souvenir du passé, l'horreur du présent et l'effrayante pensée du lendemain. — Cette heure fut terrible.

A cette prostration des forces du corps et de l'intelligence succéda bientôt l'ivresse du désespoir, qui pousse le malheureux au-devant de l'échafaud ; après quelques instants d'un repos entremêlé de cruelles visions, Didier releva ses membres endoloris, et, résigné à la mort, il reprit fatalement la route de Saint-Sorlin. Cependant, par instinct,

N

en redescendant la montagne qu'il avait gravie peu d'heures auparavant, il sut éviter les sentiers battus, le chemin qui conduisait à l'auberge de Balmain, et, après une longue marche, il arriva devant une maison solitaire de Saint-Jean-d'Arves, petite commune voisine de Saint-Sorlin.

Une vieille femme était assise sur le seuil de cette maison. Didier lui demanda l'hospitalité.

— " Vous êtes celui qui a conspiré contre le roi de France et que l'on cherche dans tout le pays, lui répondit la vieille femme, en examinant les habits déchirés de Didier, l'affaissement de son corps, la pâleur de ses traits, dont le signalement était déjà connu." Didier tressaillit, et après un moment de silence : " Eh bien ! oui, je suis Didier, livrez-moi à la justice, si vous le voulez ; mais, de grâce, laissez-moi prendre quelque nourriture et un peu de repos."

— " Vous livrer, nous ! s'écria la pauvre femme : il n'y a dans tout le pays qu'un malheureux qui soit capable de vendre son hôte : c'est Balmain. Entrez, ce n'est pas nous qui vous trahirons jamais."

La halte fut courte ; il y avait à peine quelques instants que Didier s'était réfugié dans ce nouvel asile, lorsque le maître de la maison rentra. En apprenant quel était l'étranger assis à sa table, cet homme déclara qu'il ne pouvait pas le garder plus longtemps, sans s'exposer aux recherches de la police piémontaise, qui, depuis le matin, était sur pied et fouillait toutes les maisons de la vallée d'Arves.

" Un de mes fils, ajouta-t-il, vous conduira dans une grange isolée au milieu des bois, et là, on vous portera des vivres chaque nuit, jusqu'à ce que vous soyez en état de continuer votre voyage."

Il fallut se résigner ; Didier quitta donc la chaumière et suivit l'enfant qui le précédait.

Pendant ce temps-là, Balmain poursuivait son œuvre. Revenu à Saint-Sorlin avec les carabiniers royaux de Saint-Jean-de-Maurienne, il se mit en fureur, lorsque sa femme lui eut appris le départ de Didier, et avoué que c'était elle qui l'avait exhorté à fuir. Balmain tremblait d'avoir la honte de la délation sans en pouvoir escompter au moins les profits. Aussi l'inutilité des recherches auxquelles se livraient les carabiniers royaux, irritait-elle sa cupidité, excitée encore par l'espèce de déshonneur qu'il attachait à échouer dans ses projets infâmes. Le soir approchait, et Balmain commençait à se décourager, il s'emportait en invectives contre sa femme ; il interrogeait avec menace ses enfants. Enfin, l'un d'eux lui raconte qu'en revenant du pâturage, il avait vu de loin le *monsieur* se dirigeant, par un étroit sentier, vers une grange perdue au milieu des bois. Ce fut un trait de lumière pour le misérable, et sur-le-champ il se remit en marche avec les carabiniers.

Le soleil commençait à disparaître derrière les pitons élevés du mont Pacal ; les forêts devenaient sombres et silencieuses, la nature entière se plongeait dans ce calme qui apaise les mouvements du cœur et le tumulte des passions. Balmain, dit-on, a raconté lui-même qu'à ce moment solennel, il sentit fléchir son audace et les remords s'éveiller dans son âme, lorsqu'il fut tiré de sa rêverie par l'officier du détachement qui, parvenu à une croisée de chemin, lui dit brusquement : " Eh bien ! monsieur l'aubergiste, à quoi pensez-vous donc ? Quel chemin allons-nous prendre ? — Je songeais, répondit en hésitant Balmain, à la manière dont nous pourrions entourer la grange avec sûreté...... Puis, ne serait-il pas mieux d'attendre le lever de la lune ? — Non, reprit l'officier, il faut profiter des dernières lueurs du jour ; marchons."

Balmain ne répondit pas, mais, quelques minutes après, il arrivait sur le bord de la clairière où la grange était située. A la vue de ce toit de chaume, le génie du mal reprit tout son empire sur l'âme de Balmain ; il fait entourer avec précaution la grange par le détachement, et s'avance avec

l'officier et deux carabiniers. Il entr'ouvre la porte,
Didier était couché sur la paille : les carabiniers
s'élancent sur lui ; il est saisi, garotté et ramené à
Saint-Sorlin-d'Arves.

Lorsqu'il marcha, entouré des carabiniers royaux,
celui qui s'était senti si faible quelques heures
auparavant au milieu de la liberté des montagnes,
Didier retrouva dans les fers toute sa présence
d'esprit. Il traversa fièrement le village de Saint-
Sorlin-d'Arves qu'il avait fui tout-à-l'heure, en
proie à toutes les angoisses de la terreur, et chacun
admira la noblesse de ses traits, la sérénité de son
visage. Dans l'infamie de la trahison dont il était
victime, dans l'activité des poursuites auxquelles
il était en butte, dans le souvenir des destinées de
la France qu'il avait un instant tenues entre ses
mains, dans la gravité de la peine inévitable qui
pesait sur sa tête, Didier trouvait assez de stimu-
lants pour exciter son courage.

A Saint-Sorlin, la maison d'un notaire servit de
prison à Didier pendant la nuit ; de là on le conduisit à Turin, où l'ambassadeur de France obtint
peu de temps après son extradition.

Le lendemain, 18 mai, à deux heures de l'après-
midi, Jean-Baptiste Sert se présenta à l'hôtel de la
préfecture de Grenoble et remit à M. de Montlivault un certificat du maréchal-des-logis des ca-

rabiniers royaux, attestant que c'était sur la réquisition et d'après les indications de Sert, que Didier avait été fait prisonnier.

Sert et Balmain s'étaient partagé l'œuvre : Sert était resté à Saint-Jean-de-Maurienne avec Dussert et Durif, pendant que Balmain guidait les carabiniers jusqu'à son auberge de Saint-Sorlin d'Arves. Ainsi fut accomplie la mission des traîtres qui devaient livrer au supplice le héros malheureux de la Conspiration de 1816.

Le jour de l'Ascension de la même année, à trois heures de l'après-midi, une voiture de poste s'arrêtait à Grenoble, sur le quai de l'Isère, à l'hôtel Belmont, où demeurait le général Donnadieu. Quatre personnes en descendirent; un officier supérieur d'artillerie, un officier, un sous-officier de gendarmerie; puis enfin un homme de haute taille, couvert d'une redingote usée jusqu'à la corde, et dans le plus misérable accoutrement. Ses cheveux blancs tombaient sur son cou en boucles désordonnées, et se mêlaient à sa barbe inculte et grisonnante. Son visage était calme, son regard doux; il paraissait éprouver plus de fatigue, plus de douleur physique, que d'abattement ou de faiblesse morale.

Cet homme était Paul Didier, dont le chef d'escadron d'Agoult était allé réclamer l'extradition auprès du gouvernement sarde. Désireux d'avoir un entretien particulier avec le chef de l'insurrection du 4 mai, le général Donnadieu avait demandé que Didier fût conduit auprès de lui, immédiatement après son arrivée à Grenoble.

Le général a raconté lui-même, dans une lettre adressée en 1840, à la *Gazette des Tribunaux*, quelle fut cette première entrevue.

Voici son récit :

" Après avoir fait servir à dîner à Didier, je passai deux heures à m'entretenir avec lui sur la grave et grande entreprise à la tête de laquelle il s'était placé. Il m'expliqua comment il était parti de Paris, lui, dix-septième des commissaires envoyés pour soulever la France, après avoir assisté à une grande réunion de personnages très influents, où il avait reçu des instructions et l'argent nécessaire pour ses diverses opérations, Une fois Grenoble occupé, c'était de cette ville que devait partir le signal du mouvement général sur toute la surface de la France ; lui, Didier, aurait marché sur Lyon, où il était attendu le lendemain

de l'occupation de Grénoble, avec toute le matériel
de l'artillerie. Il me dit que s'il n'avait pas réussi
dans son entreprise, c'était par l'accident providen-
tiel* qui m'avait fait rencontrer le lieutenant Aribert ; que je devais être arrêté par lui à dix heures
et demie précises, et lui, à onze heures maître de
la ville, où des intelligences, ménagées parmi les
habitants et la troupe, lui assuraient le succès de
son projet ; qu'il avait assisté, l'avant-veille de
l'attaque à une inspection que j'avais faite du bataillon de l'Hérault ; qu'il était là avec un capitaine
en activité dont il calma l'ardeur, certain comme
il était, me disait-il, de réussir, et surtout d'éviter
l'effusion du sang et le désordre, en maîtrisant et
dominant le mouvement.

" Il me dit beaucoup d'autres choses sur ses
rapports à Paris que je ne puis répéter ici.......Con-
duit de chez moi à la prison de la ville, je ne le
revis après son jugement que quelques minutes
avant ses derniers moments, dans la salle de la

---

* Il est remarquable que le général Donnadieu rencontra à 50
pas de la préfecture, le 4 mai au soir, ce même Aribert, lieutenant
à demi-solde, qui avait reçu des conjurés la mission de l'arrêter.
S'apercevant qu'il était armé, le général l'arrêta lui-même et le
mit au corps-de-garde. Si Aribert plus audacieux et avec plus
de présence d'esprit, eût brûlé la cervelle au général Donnadieu,
la révolution était faite, et Didier entrait vainqueur dans la
ville.

prison, où je me rendis pour lui demander si, dans cet instant redoutable, il n'aurait pas quelque révélation à faire qui intéresserait la sûreté de l'Etat. Je le trouvai aussi calme que résigné : je lui parlai du Roi dont il n'avait pas à se plaindre ; il me dit alors, plein d'émotion, des paroles fort mémorables, en prenant à témoin le juge suprême devant lequel il allait comparaître pour l'attestation de leur sincérité ; paroles que, selon ses désirs, je m'empressai d'envoyer religieusement au roi par dépêche extraordinaire. Cette dépêche doit exister aux Archives ; les lois actuelles ne me permettent pas de la révéler. " Je me retirai de cet entretien, plein de la plus douloureuse émotion, et en regrettant qu'un aussi noble caractère, un aussi noble courage eussent été employés pour des fins aussi déplorables."

Ce récit, fait à mots couverts, se ressent de la fatigue morale de celui qui l'écrivait, et qui, depuis vingt ans poursuivi à cause de l'affaire de Grenoble, ne pouvait se résoudre ni à dire toute la vérité, ni à la voiler complétement aux yeux. Néanmoins, le général en dit assez pour montrer que les révélations de Didier ont laissé dans son esprit d'ineffaçables souvenirs.

C'est que, en effet, ces révélations étaient de nature telle, que le général, en les écoutant, avait conçu le projet, sinon de faire évader Didier, du moins de lui procurer les moyens de se rendre à Paris auprès de Louis XVIII. Peut-être M. Donnadieu n'a-t-il jamais avoué qu'à lui-même cette secrète pensée, mais nous avons la certitude que le projet dont nous parlons fut longtemps le but de ses préoccupations, Didier ayant su lui persuader que les dépêches qu'il adresserait au roi ne parviendraient pas à leur adresse et s'arrêteraient dans le cabinet particulier du ministre de la police.

Lors donc que, après un entretien de deux heures, Didier eût été livré à la curiosité de la foule qui l'attendait à la porte de l'hôtel Belmont, et qu'il se mit en route pour la maison-d'arrêt de Grenoble, le général Donnadieu, épris d'enthousiasme pour celui dont, quelques jours auparavant, il avait écrasé les complices et renversé les projets, descendit au jardin situé dans son hôtel, et, s'approchant du général Devillers et du colonel de Vautré qui l'y attendaient : " A quel précipice nous venons d'échapper, leur dit-il ; ce n'est pas un homme ordinaire que ce Didier ! comme il avait bien organisé son affaire ! Le roi me créerait maréchal de France, et toi, Vautré, lieutenant-général, qu'il ne ferait rien pour le service que nous lui avons rendu."

Le rire d'incrédulité dont furent accueillies ces

singulières paroles, provoqua de la part du général
un récit détaillé de l'entretien qu'il venait d'avoir
avec le chef de l'insurrection du 4 mai.   M. Donnadieu raconta alors au général Devillers et au colonel de Vautré quelques-unès des intrigues qui s'a-
gitaient autour du trône de Louis XVIII, et dont
le ministère, tombé le 25 septembre, nouait à son
gré tous les fils.   Vivement impressionné par les
révélations qu'il venait d'entendre, le général
parlait avec chaleur et entraînement ; il dit comment
Didier n'était qu'un instrument de cette faction
révolutionnaire qui, depuis trente ans, avait fait et
défait tant de gouvernements en France : misérables serviteurs qui n'avaient encensé tous les
pouvoirs que pour les trahir tous également. Abor-
dant les détails précis de l'affaire, il nomma quelques-uns de ceux qui, cachés derrière le rideau,
attendaient, dans les hautes régions de la politique,
que Didier eût refait un 20 mars, à Grenoble, pour
venir en profiter plus adroitement que n'avait su le
faire le captif de Sainte-Hélène.   " Et savez-vous,
dit enfin le général Donnadieu, quel est le dernier
personnage que Didier a entretenu à Paris, avant
de venir relever le courage et les espérances des
armées licenciées derrière la Loire, avant d'insur-
ger Lyon et le Dauphiné, le savez-vous ? C'est le
prince de Talleyrand, dans le cabinet duquel il a

passé toute une soirée, à la veille de quitter Paris.

— Le prince de Talleyrand! s'écrièrent à la fois le général Devillers et le colonel de Vautré, c'est impossible! le prince de Talleyrand qui a ramené Louis XVIII!

— Oui, mais qui n'est plus ministre, ni ambassadeur, ni rien.

— Le prince de Talleyrand! murmuraient ces deux officiers, pendant que le général rentrait chez lui pour adresser à Paris la dépêche qui devait apprendre au roi les révélations de Didier.

Nous voici donc arrivés aux longues heures de l'agonie de Didier, à ses interrogatoires, à sa comparution devant la Cour prévôtale, à tous ces tristes détails d'un dernier épisode dont le dénouement était prévu de tous.

Jeté dans la prison d'où il ne devait sortir que pour marcher à la mort, Didier laissa sur le seuil toutes les pensées de haine et de vengeance qu'aurait pu éveiller dans son cœur l'amertume de sa défaite. Il envisagea sa position sans trouble d'âme et s'y prépara avec résignation.

Ainsi, depuis les plus hauts degrés de l'échelle
politique, jusqu'à la foule des soldats et des officiers qui, sur les rives de la Loire ou dans les murs
de Grenoble, cachaient des aigles impériales et des
lambeaux tricolores, Didier aurait pu compro-
mettre, sinon accuser, beaucoup de monde. — Il
garda le silence. Il oublia tout : tout, jusqu'à
ces intrigants émérites, ces hommes de sang
et de boue, qui avaient exploité au profit de
leur insatiable ambition, de leur soif secrète du
pouvoir, ses généreuses rancunes, ses instincts de
grandeur, de progrès, de mouvement et de gloire.

Aussi bien, ne pouvait-il les accuser tous. En
présence des malheureux qu'il avait entraînés devant la porte de Bonne, pour les voir combattre et
mourir sous ses yeux ; en présence de ces vingt-
quatre martyrs qui avaient payé de la vie leur foi
en ses paroles et en ses promesses, Didier pouvait-
il avouer ce que, dans un moment d'amer désespoir,
il avait dit à Cousseaux : " Je vous ai trompés :
ce n'est pas pour Napoléon, ce n'est pas pour son
fils que je vous ai menés à la mort. Entre vous
et moi, votre provocateur, il n'y avait rien de réel,
dans la cause pour laquelle nous avons combattu,
que la même haine du roi, le même désir de le
renverser."

Cloué à son passé, Didier devait donc garder

jusqu'à la fin les oripeaux d'emprunt dont il s'était couvert: sans cela, le sang de trente victimes aurait crié contre lui, les malédictions de tous l'auraient accompagné jusqu'à l'échafaud et auraient troublé le repos de sa tombe.

La procédure instruite contre Didier ne fut autre chose qu'une formalité nécessaire, jetée dans le moule de tous les actes de cette nature. Ses aveux, ses réponses, ne devaient aucunement en faire varier les formes, ni leur donner cet imprévu que ne provoquaient même pas les juges chargés de l'instruction du procès.

Dans la persuasion que l'entreprise de Didier n'était que l'acte isolé d'un homme égaré par l'ambition, et venant demander au pillage les moyens de relever sa fortune perdue, nul ne chercha à faire jaillir la vérité du cachot où était renfermé Didier. Ceux qui, mieux renseignés, auraient pu se prêter à ce rôle, se gardèrent bien de parler ou d'éveiller des soupçons que peut-être ils avaient intérêt à ensevelir à jamais. Si donc l'on demanda à Didier de révéler ses complices, ce n'était pas dans les hautes régions de la société qu'on allait les chercher.

Parmi les papiers au pouvoir de l'instruction, se trouvait une lettre écrite de la main de Didier, et dans laquelle on ne lisait que ces seuls mots:

" Monseigneur,

" *Nos efforts ont échoué ; mais les fils ne sont
pas tous rompus......*"

Eh bien ! il n'est pas même certain qu'on ait
questionné Didier pour savoir quel était ce monseigneur ; et ainsi fût-il fait pour le reste. — Ces
demi mots, ces habitudes, ces souvenirs qu'on évo-
que ; vos lettres, vos relations d'amitié, toutes ces
choses que les accusateurs publics savent si bien
tordre pour en exprimer un indice révélateur, tout
cela fut oublié, laissé de côté ; ainsi rien ne
pouvait contrarier les dispositions d'esprit de Didier : tout, au contraire, se réunissait pour réduire
à des proportions communes, ordinaires, l'accusation capitale qui pesait sur sa tête.

Lorsque, dans les montagnes de la Maurienne,
il s'était vu frappé des premières atteintes de la
trahison, Didier avait rêvé une vaste scène pour
y étaler les haillons de son infortune ; une cour
de haute justice, pour prononcer sur une accusation de haute trahison ; la pompe de majestueux
débats à Paris, en face de ceux qui l'avaient poussé
à l'échafaud, sous les yeux du roi, auquel, peut-
être, aurait-il demandé à faire des révélations ; mais
dans l'étroite enceinte d'une Cour prévôtale, Didier
sentit les expansions de son âme, la fougue de son
cœur, les souvenirs de son passé, sa liberté de

langage et d'accusation s'amoindrir et s'éteindre.—
Il se résigna donc au silence et à l'obscurité, ren-
fermant en lui-même son merveilleux roman.

Pendant les quelques jours qui s'écoulèrent
entre son incarcération et son jugement, Didier
conserva un grand courage.

Lorsque M. Motte, le défenseur qu'il avait
choisi, se présenta devant lui : " Jamais, lui dit
Didier, avec un léger sourire, jamais vous n'aurez
défendu une cause si désespérée." Peu de personnes allèrent le voir ; sa malheureuse femme et
ses enfants venaient seuls partager les pleurs de la
prison, et les angoisses d'une mort inévitable, dont
chaque minute hâtait l'arrivée.

Ce fut le samedi 8 juin, à 9 heures du matin,
que Paul Didier comparut devant la Cour prévôtale.

Pendant les débats de ce procès qui dura deux
jours, Didier montra une âme généreuse et toute la
noblesse d'un beau caractère. Sa conduite fut ce
qu'elle avait été depuis son arrestation : il chercha
non pas à escompter en dénonciations le peu de jours
qui lui restaient à vivre, mais à laisser de lui le sou-

venir le plus honorable. Les choses politiques pour
lesquelles il avait combattu, les hautes, mais
misérables ambitions au service desquelles il avait
mis son intelligence et son cœur, s'effacèrent dans
ce moment suprême; il n'oublia pas le rôle qu'on
lui avait imposé en quittant Paris, ni les couleurs
du drapeau qu'il avait présenté aux mécontents.
Si, dans ses réponses, dans son allocution dernière,
l'ombre de la vérité effleure quelquefois ses lèvres,
comme cela lui était déjà arrivé en présence du
général Donnadieu, Didier saura refouler dans
son cœur les impressions qu'il éprouve, se contenir
assez pour garder son masque jusqu'à la fin, et ne
pas tomber en avouant à la face des trois ou quatre
cents soldats entraînés par lui: que c'était un
Bourbon et non le prisonnier de Sainte-Hélène
qu'il voulait appeler sur le trône de France. —
L'ombre de Guillot, de Buisson, de Piot, de Drevet
et de tant d'autres qui étaient morts en criant:
Vive l'Empereur! n'aurait-elle pas frémi de rage
à un semblable aveu?

On remarquera cependant avec quelle insistance Didier cherche à éloigner des débats tout
ce qui tient au nom de Napoléon; dans ses dis-
cours, dans les paroles qu'il prononce, paroles
d'adieu et de résignation, à ce moment où il ex-
pose toute sa vie, toutes ses intentions, il écarte

avec le plus grand soin les idées, les noms et les souvenirs de l'Empire. — Il est inouï que, accusé d'avoir pris les armes, soulevé tout un pays, organisé et exécuté un plan d'attaque contre une ville de guerre, au nom de Napoléon, ou de sa dynastie, Didier n'ait pas trouvé une seule phrase, une seule pensée, un seul mot pour parler de ce projet, et adresser un dernier hommage, ou un regret à celui pour lequel il a sacrifié sa vie et celle de tant de malheureux.

Nous ne répèterons pas ici le long interrogatoire que Didier eut à subir. Nous ferons seulement remarquer ses pénibles hésitations dans quelques-unes de ses réponses : un mot semble toujours près de s'échapper de sa bouche......et ce mot, le lecteur le devinera aisément.

En étudiant la phraséologie oratoire de Didier, en cherchant à en dénuder la pensée, quel est celui qui ne restera pas convaincu que le conspirateur de 1816 n'a point emporté son secret dans la tombe, et que ses paroles ont trahi ce secret assez pour fixer à jamais les convictions de l'histoire ?

M. Motte, en terminant sa défense, avait sup-

plié la cour de recommander l'accusé à la clémence
du roi. Au même instant, Didier déchira la
feuille d'une brochure et écrivit à la hâte sur ce
chiffon de papier :

" J'ai fait mon sacrifice ; ma famille saura faire
le sien. Je remercie mon défenseur de ses généreuses paroles, mais je prie la justice de ne pas s'y
arrêter : je ne demande rien au roi."

La délibération de la Cour prévôtale dura une
heure à peine. Didier écouta son arrêt de mort
avec calme et sérénité. Le drame touchait à sa
fin.

Avec les dernières heures de l'agonie de Paul
Didier arrivèrent les douleurs poignantes de la
famille : les minutes, les instants comptés avec
une anxiété terrible ; le tintement funèbre de
l'horloge de la prison accueilli par les cris de la
femme, les sanglots des enfants ; tristes détails,
déplorable tableau sur lequel l'historien doit tirer
un voile, en s'inclinant devant la justice et devant
les impénétrables vues de Dieu !

116

C'était le 10 juin, à neuf heures du matin. Le
général Donnadieu venait d'entrer dans la prison
de Didier : une dernière conversation eut lieu entre
ces deux hommes, dont les paroles furent graves et
solennelles.

" Que vous avouerai-je ! répondait tristement
Didier, dans une heure je ne serai plus.... Cependant... dites au roi de se défier des hommes qui l'entourent, et qui ont deux serments à la bouche..."

Didier hésita et réfléchit un instant.

" Dites encore au roi que son plus grand ennemi
est dans *sa famille.**"

Une heure après Didier marchait à la mort.

Il pleuvait. Une sentinelle était placée à chaque porte d'allée de la rue qui, de la place St.-André
où s'ouvre la prison, conduit à la place Grenette
où était dressé l'échafaud. Didier s'avance à travers les soldats et la foule. Il est à pied, vêtu d'un

---

* V. l'ouvrage du général Donnadieu : *De la vieille Europe, des
rois et des peuples.*—1837, chez Allardin, libraire à Paris.

pantalon bleu, d'une robe de chambre de molleton blanc et la tête couverte d'un bonnet de nuit. M. l'abbé Toscan se trouve à ses côtés.

A l'extrémité de la grand'rue, un cri perçant s'échappe d'une fenêtre qu'on referme à l'instant; — Didier lève les yeux.

Au pied de l'échafaud, le prêtre embrasse une dernière fois le condamné, et présente à ses lèvres l'image du Rédempteur des hommes.

Didier monte d'un pas ferme les degrés de l'échafaud : le bourreau s'approche de lui ; Didier le repousse et se place lui-même contre la planche fatale...

Onze heures un quart sonnaient à l'église Saint-Louis.

Les restes mortels du conspirateur de 1816 ont été déposés dans le cimetière de Grenoble, et sur la pierre tumulaire qui les couvre on lit encore aujourd'hui ces deux mots :

PAUL DIDIER.

Les voyageurs qui ont visité les montagnes de la Maurienne, vous raconteront qu'il y a peu de temps encore, un homme errait à Saint-Sorlin-d'Arves, en proie aux hallucinations terribles que les remords allumaient dans sa raison depuis longtemps perdue; la femme de ce malheureux était morte pendant un voyage qu'il avait fait jusqu'à Paris pour y mendier le prix d'une trahison auquel il croyait avoir droit et qui ne lui fut point accordé; ses deux enfants avaient été forcés de fuir, l'un après l'autre, un pays où le nom de leur père était un sanglant reproche, une cruelle injure : ils étaient morts aussi, misérablement, tous deux. Alors, rebuté de tous, maudit par tous, presque sans asile, cet homme était devenu fou; et, dans chaque étranger qui passait devant sa porte, il croyait voir encore celui qui, souffrant et proscrit, était venu un soir lui demander asile......

Cet homme était l'aubergiste Balmain.

ÉPILOGUE.

La mort de Paul Didier n'est pas la dernière
page de cette histoire. Les circonstances qui avaient
précédé, celles qui ont suivi l'exécution de ce drame
terrible étaient trop inexplicables, trop extraordinaires pour tomber aussitôt dans l'oubli. Didier
ne tenait pas, d'ailleurs, tous les fils de l'intrigue
entre ses mains : il n'emportait pas, comme Mallet,
tout son secret dans la tombe. En dehors de Didier,
au-dessus, bien au-dessus de lui, il y avait d'autres
noms que le sien, et d'autres intérêts engagés que
ceux de son ambition ou de ses sympathies politiques.

Pendant que les promoteurs d'ordres rigoureux,
les envoyeurs de dépêches télégraphiques ne cherchaient qu'à étouffer dans le silence ces souvenirs
accusateurs, le sang versé criait vengeance, les
hommes du parti vaincu s'agitaient dans la presse,

à la tribune, dans le sanctuaire de la justice ; et de ce conflit entre les victimes et les bourreaux, entre les *Blancs* et les *Bleus*, ont surgi des accusations réciproques et des révélations inattendues.

La conspiration du 4 mai et le nom de Paul Didier sont donc arrivés jusqu'à nos jours, augmentés d'incidents et de faits nouveaux, qui, tout en ajoutant un intérêt de plus au fonds réel de l'affaire, en ont éclairé peu à peu les côtés mystérieux.

Depuis 1816, les suites du complot de Didier se sont personnifiées dans deux hommes bien différents : — M. Decazes et le général Donnadieu. C'est à chacun de ces deux hommes, que se rattacheront désormais tous les fils de l'intrigue, toutes les évocations du drame dont on a vu les péripéties et le dénouement. C'est dans les révélations, dans les faits qui se grouperont autour d'eux que l'histoire puisera désormais tous ses enseignements.

Par l'éclatante faveur dont il a joui après la révolution de juillet, M. Decazes résume admirablement dans sa personne le parti qui a triomphé au 9 août, et dont, pendant quinze années, il avait traîtreusement préparé le succès.

Par la disgrâce dont il a été frappé, le général Donnadieu représente, au contraire, le parti vaincu, le parti fidèle à la branche aînée des Bourbons.

Le rôle de M. Decazes et celui du général Donnadieu sont, dès à présent, bien dessinés : jusqu'en 1830, on verra le premier comblé de faveurs
par Louis XVIII, devenir, après la mort de celui-ci,
un des coryphées du libéralisme mécontent, ambitieux et conspirateur ; pendant que, en butte à toutes
les tracasseries politiques et administratives, tourmenté, persécuté, le général Donnadieu s'entendra
reprocher sans cesse par les hommes mêmes du
parti de M. Decazes, l'affaire de Grenoble, comme
un sanglant affront. En 1830, le général Donnadieu sera mis à la réforme : la révolution nouvelle
ne pouvant s'accommoder d'un défenseur des
Bourbons, de l'homme auquel sa conduite a acquis,
dira-t-on, une si *déplorable* célébrité ; — mais d'un
autre côté, M. Decazes, le principal et même le
seul promoteur des mesures sanguinaires de 1816,
celui qui a envoyé la mort par le télégraphe, de-
viendra le favori du pouvoir nouveau, l'ami fidèle
du Palais-Royal et des Tuileries. Une charge de
grand référendaire à la Chambre des Pairs, quelques libéralités secrètes, renouvelées tous les ans,
ne seront pas une trop grande récompense des
services que cet homme a rendus au parti vainqueur.

Si, le général Donnadieu, qui, après tout, n'a
fait que combattre courageusement l'attentat dirigé

Q

contre la monarchie, et exécuter, mais après avoir
invoqué la clémence royale, les mesures qui lui
étaient prescrites, a paru trop compromis pour figu-
rer dans les cadres de l'armée active après 1830,
comment se fait-il que M. Decazes, beaucoup plus
compromis, pour le même fait, soit devenu tout-à-
coup le héros des mêmes hommes qui repoussaient
obstinément le général Donnadieu? Si donc,
celui-ci a été réprouvé à cause de sa fidélité et de
son dévouement sous la Restauration, comment
se fait-il que celui-là ait été récompensé malgré
l'expression apparente d'un dévouement plus effi-
cace, d'une fidélité plus rigoureuse encore, à la
même époque et dans les mêmes circontances?

Si les services rendus par l'un ont été vrais,
loyaux et sincères, ceux qu'a rendus l'autre ne
pouvaient être qu'une odieuse comédie : il est impossible de trancher autrement ce dilemme. Les
récompenses publiques ou secrètes prodiguées à
M. Decazes, sous le règne nouveau, sont donc une
des explications les plus concluantes de la conduite
équivoque de cet homme pendant les tristes années
de son favoritisme ; car il était un de ceux dont
parlait Didier à son heure dernière, lorsqu'il disait : " *que le roi se méfie des gens qui l'entourent
et qui ont deux serments à la bouche.*"

Depuis vingt-huit ans, M. Decazes a constamment cherché à étouffer par tous les moyens possibles les souvenirs de 1816; pendant que le général Donnadieu provoquait et provoque encore, de son côté, les vérifications et le contrôle de l'histoire sur cette déplorable époque. — Par une fatalité inouïe, on verra le nom de M. Decazes apparaître comme le *deus ex machina,* de la comédie, chaque fois qu'il y aura un voile à jeter sur cette affaire, une révélation de plus à étouffer. Le premier venu qui voudra évoquer la Conspiration de Grenoble est certain d'obtenir un entretien secret de M. Decazes. Personne ne sera à l'abri des obsessions de cet homme; car si vous résistez à lui ou à ses amis, il vous poursuivra jusqu'à ce que vous ayez promis le silence et l'oubli.

A quel prix sont accomplis les pactes, résultat de ces transactions secrètes? on l'ignore. — Mais de tous les hommes qui ont traîné dans la boue révolutionnaire leur servilisme et leur ambition, M. Decazes est un de ceux qui ont eu à acheter le plus de voix accusatrices.

Tout au rebours, le général Donnadieu n'a jamais laissé échapper une circonstance, une occasion de parler de 1816. — Depuis cette époque jusqu'à présent, son langage n'a pas varié, et la courageuse persistance qu'il a mise à rappeler ces jours de sang et de malheur est aussi significative, que les efforts de M. Decazes pour faire disparaître les traces du rôle qu'il y a joué, peuvent avoir de sens et de valeur.

Le singulier parallélisme de ces deux hommes marchant l'un et l'autre sur les côtés d'un même fait, en suivant chacun une voie si différente, si opposée, renferme donc à lui seul de graves enseignements, dont on devra tenir compte.

Nous donnons ici un extrait des *Mémoires tirés des Archives de la police* que publia en 1838 M. J. Peuchet, ancien archiviste de la police de Paris. Nul mieux que Peuchet ne pouvait parler des hommes et des choses secrètes de l'époque ; car, après avoir été, sous la République, directeur du bureau des lois et des matières contentieuses sur les émigrés, les prêtres et les conspirateurs, il avait passé dix années de sa vie dans les Archives de la préfecture de police de Paris, vaste réceptacle où viennent chaque jour s'enfouir tant de mystères,

tant de choses inconnues. Aussi les révélations
de Peuchet ont-elles éclairé d'un jour tout-à-fait
nouveau plusieurs épisodes de l'histoire moderne,
la conspiration de 1816, entre autres. Le récit
que, dans le tome V de ses *Mémoires*, l'ancien archiviste de la police de Paris a fait de ce complot,
mérite de fixer l'attention, non-seulement par les
curieux détails qu'on y trouve, mais encore à cause
de la position toute spéciale de celui qui écrivait.

Après avoir donné sur Paul Didier des détails
que le lecteur connaît déja, Peuchet ajoute :

" Pourquoi Didier fut-il destitué à l'époque de
la création de l'Université impériale ?   On n'en a
jamais connu la cause. Des documents veulent
qu'à cette époque il reçut, pour la première fois,
la visite d'un agent de la faction dite d'Orléans,
qui, lié avec Didier dès son premier voyage à
Paris, l'engagea à travailler dans les intérêts du
ci-devant duc de Chartres, devenu duc d'Orléans à
la mort de son père.

. . . .

" En 1815, au moment où le trône impérial
s'écroulait, Didier proposa au parti orléaniste, un
plan qui devait nécessairement enfanter une nouvelle révolution. Il s'agissait de prêter la main
aux imprudences des royalistes et d'alarmer les

acquéreurs des biens nationaux, puis de soulever
les restes de l'armée de la Loire au nom de Napoléon. Comme il était sérieusement impossible que
celui-ci reparût, on parviendrait facilement à déterminer les officiers compromis dans cette tentative et sans espoir de grâce à se tourner vers S. A. S.
le duc d'Orléans. Les républicains, ne pouvant
reconstituer leur forme chérie de gouvernement,
consentiraient à reconnaître l'autorité du fils d'un
des leurs : et les propriétaires des domaines d'é-
glise, des biens d'émigrés et de condamnés, ne
seraient pas les derniers à se tourner vers un prince
qui leur offrirait une garantie positive."

Après d'autres détails fort curieux sur Didier et
sur les menées du parti orléaniste, Peuchet arrive
à la Conspiration de Grenoble, et termine son récit
par les réflexions suivantes :

" Je ne peux concevoir comment on a laissé
parvenir ce complot à sa maturité, lorsque je vois
les archives de la simple préfecture de police
regorger de renseignemens précis sur les conspirateurs, de dénonciations venues de cent endroits
pour dévoiler ce qui se tramait dans le Dauphiné.
Je sais que les lumières parvinrent de toutes parts
au comte Decazes, et que le ministre ferma constamment les yeux. Avant 1830, cette conduite
me paraissait inexplicable ; depuis j'ai eu le mot

de l'énigme. M. Decazes eût pu prévenir de longue main ce coup d'éclat, et ménager le sang français, qui coula. Il savait tout, ou s'il n'a rien su, il faut que, par une fatalité singulière, ce qui était à la connaissance de l'universalité de la police se soit arrêté à la porte de l'hôtel du ministre.

" Didier, qui, un sabre à la main, avait essayé, sous le feu de la mousqueterie, de rallier les insurgés, voyant leur pleine déroute, tenta de se sauver, et, après une suite d'aventures et d'alertes incroyables, il toucha la territoire piémontais. Mais, reconnu et arrêté par les carabiniers du roi de Sardaigne, il fut livré à la justice prévôtale du roi de France.

" Didier ramené devant ses juges, essaya sans succès de se défendre ; condamné à mort, il fut exécuté le 10 juin 1816.

" Dès ce moment, sa famille, qui se trouvait réduite au dernier degré du malheur, reçut *des secours d'une main inconnue.* La révolution de 1830 est venue en partie lever le voile qui pesait sur ce mystère. La constante faveur dont M. Didier fils n'a cessé de jouir, et qu'il mérite à tous égards d'ailleurs, les fonctions importantes qu'on lui a successivement confiées jusqu'à l'heure de sa mort, témoignent d'une manière éclatante quelle cause son père a suivie."

Dans une lettre que M. Simon Didier, fils de
Paul Didier, adressa, le 17 mai 1841, au rédac-
teur-gérant du *Courrier de l'Isère*, et dans laquelle
il repoussait avec indignation le projet que ce
journal prêtait à son père : " *D'avoir voulu éta-
blir une jacquerie en* 1816, nous remarquons le
passage suivant :

" Et quand même mon père, sans la participation du........ avec lequel il avait passé, m'a
dit ma mère, plusieurs heures en conférence avant
l'explosion du complot, aurait voulu hisser......
....* sur le trône, faudrait-il perdre les instruments de son élévation ? Machiavel donne cet
avis, et l'on voit que si cette politique est ingrate,
elle n'est pas neuve."

---

* Un arrêt de la chambre des mises en accusation de la Cour
royale de Grenoble, du 13 novembre 1841, a déclaré que la lettre
de Simon Didier n'était pas incriminable ; nous pourrions donc la
citer sans en retrancher un seul mot, mais par le temps qui court
on serait bien aise peut-être de saisir ce prétexte d'arrêter et d'accuser un livre tel que celui-ci.

LES ENFANTS DE PAUL DIDIER ET LES CONSPIRATEURS DE 1816.

Les faveurs dont tous les membres de la famille Didier ont joui, après 1830, les récompenses accordées à cette même époque aux condamnés de 1816, seront toujours une des preuves les plus concluantes contre le parti orléaniste, un puissant motif de croire qu'il était le dernier mot de l'entreprise insurrectionnelle de Paul Didier. Isolée de toute autre circonstance, cette assertion ne serait peut-être pas rigoureusement exacte, mais elle se relie si logiquement à tant d'indices accusateurs, qu'il est impossible de ne pas arriver à une conclusion rationnelle et incontestable.

Depuis l'avénemeut du duc d'Orléans au trône de France, la mémoire de Paul Didier a été, pour tous les hommes compromis en 1816, comme un talisman protecteur ; depuis quartorze ans le nom de Paul Didier est un passeport suffisant pour arriver aux libéralités du pouvoir de juillet ; tous les héros heureux ou malheureux de 1816, leur famille, leurs parents, leurs amis, tous ont eu part au gâteau ; il n'y a pas jusqu'à l'homicide Fieschi

R

qui n'ait profité de cette heureuse veine pour se dire complice de Paul Didier, conspirateur de 1816, et obtenir, à ce titre, un os dans la curée.*

On dira peut-être qu'au mois de septembre 1830, Louis-Philippe avait reçu avec de trop vives marques de sympathie les conspirateurs de la Restauration que lui présentait M. de la Fayette, se disant un de leurs complices, pour que le gouvernement pût provoquer une exception, précisément contre les hommes de 1816 ; peut-être dira-t-on encore que les indemnités accordées à la plupart de ces condamnés le sont en vertu d'une loi spéciale ; qu'importe ! historien impartial, nous devons enregistrer les faits qui se rencontrent sur toute voie menant à la lumière et à la vérité.

Paul Didier a laissé quatre enfants ; Louis, Rosalie, Pauline et Simon. Louis, nommé sous l'Empire auditeur au Conseil-d'Etat, préfet des Basses-Alpes pendant les Cent-Jours, fut accueilli, après la catastrophe du 4 mai, par M. Flory, banquier à Paris, qui le nomma chef de la maison qu'il avait à Rouen. Il épousa, dans cette ville, une riche héritière, Mlle Guedan, fille d'un archi-

---

* Voir au supplément du Moniteur du 11 décembre 1835, le rapport de M. Portalis à la Cour des Pairs, sur l'attentat Fieschi.

tecte de Paris. En 1830, il fut nommé préfet
de la Somme ; créé bientôt après, secrétaire-géné-
ral du ministère de l'Intérieur, Louis Didier est
mort conseiller-d'Etat.

Rosalie et Pauline avaient épousé les deux
frères Fluchaire ; l'un, avocat à Grenoble ; l'autre,
négociant à Lyon. Après 1830, celui-ci fut nommé receveur-particulier à Montélimart, et celui-là
procureur-général à Montpellier.

Des indemnités secrètes, assure-t-on, ont été
accordées aux deux frères Fluchaire, à Louis, à
Simon, et à leur mère Rosalie Drevon, veuve de
Paul Didier.

Voilà pour la famille Didier : quant aux parents,
alliés ou amis, il ne saurait entrer dans notre ca-
dre d'aller compulser le *Moniteur* pour enregistrer
leur état civil et politique ; sans rien préciser, il
suffira de savoir qu'il n'en est pas un seul qui, de
près ou de loin, directement ou indirectement, par
lui ou par les siens, n'ait obtenu quelque récompense, quelque faveur ; ce qui a été fait pour les
uns donnera la mesure de ce qu'on a pu faire pour
les autres.

Il y avait en dehors de la famille Didier, d'autres personnes à récompenser ; c'étaient des complices subalternes, les petits après les grands :
ceux-là, la reconnaissance du pouvoir de juillet

les eût peut-être laissés dans l'oubli, si personne n'eût pris leurs intérêts en main. La somme que le budget alloue chaque année aux condamnés de 1816, à leurs veuves ou enfants, s'élevait au 1er juillet 1841, à 13,601 francs dans le seul département de l'Isère.

Bien des noms manquent à la liste que nous publions. Dussert et Durif, deux des lieutenants de Paul Didier, y ont été portés, il y a quelques mois à peine, pour une somme assez considérable. Il nous a été dit que cette récompense était le prix du silence qu'on avait exigé d'eux lorsque, il y a un an, le parquet de Grenoble eut connaissance du désir où nous étions de recueillir des documents sur l'histoire de 1816. La même promesse, nous a-t-on dit encore, a été faite sous la même condition à quelques autres personnes, et entre autres au capitaine Joly ; cette promesse a-t-elle été réalisée, nous l'ignorons encore.

Telle a été la Conspiration de 1816. Et pour nous résumer par une réflexion générale, nous ajouterons que la mort des malheureux, séduits, égarés par la faction orléaniste, doit retomber sur la tête de M. Decazes, dont le pied devait plus tard *glisser dans le sang du duc de Berry,* pour nous servir de l'énergique expression de l'illustre auteur des *Martyrs.**

* M. le vicomte de Chateaubriand.

PIECES

A L'APPUI DES

FAITS ÉNONCÉS DANS LE 1ᴿᴿ CHAPITRE.

PIECES

FAITS ÉNONCÉS DANS LE PREMIER CHAPITRE.

———————◆———————

LETTRE DE M. LE GÉNÉRAL VICOMTE DONNADIEU
A M. LE DUC DECAZES.

MONSIEUR LE DUC,

Le hasard des révolutions vous a fait ministre de la police, lorsqu'au mois de mars 1816, la ville de Grenoble fut le théâtre d'une sanglante insurrection. Chargé, comme lieutenant-général, du commandement de cette division, je réprimai le mouvement que vous n'aviez pas su prévenir, et j'ai la certitude d'avoir dans cette circonstance sauvé mon pays, en le préservant des horreurs d'une troisième invasion, conséquence infaillible alors d'une révolte intérieure.

A la lutte armée succéda la justice des conseils de guerre ; elle fut prompte et terrible. J'élevai la voix en faveur de quelques-uns des condamnés ; vous me fîtes répondre par le télégraphe de les envoyer tous à la mort. Un peu plus tard, lorsque le chef ostensible de l'insurrection, mis sous la main

de la justice et prêt à monter sur l'échafaud, m'eut révélé le
secret de sa folle entreprise, j'en instruisis le roi votre maître
et le mien. Vous étiez son favori, Monsieur le Duc, vous
lisiez dans sa pensée ; vous connûtes cette importante communication, et, dès ce jour, les persécutions ont commencé
pour moi. Mandé brusquement à Paris, j'y fus, sans autre
explication, dépouillé de mon grade, rayé du tableau de l'armée, livré à la haine de mes ennemis qui me poursuivirent
comme assassin et que je fis condamner comme calomniateurs.

Vous cessâtes d'être ministre, mon rang me fut restitué
la révolution de 1830 éclata et vous fit tout-puissant, je fus
de nouveau expulsé des cadres et forcé de déposer les épau-
lettes que j'avais conquises avec mon sang aux champs de
bataille. Mis hors de toute carrière, relégué comme un paria
déchu de toutes mes espérances, fruit de mes travaux et des
services les plus honorables : voilà le sort, Monsieur, qui
m'a été fait par vos soins, lorsque, sous deux règnes bien
différents, vous avez été élevé au faîte du pouvoir.

Pourquoi cette persécution aveugle, systématique, s'attache-
t-elle au soldat dont l'épée a consolidé le trône du roi que
vous serviez ?.... Pourquoi retrouvai-je partout votre bras
dans les coups qui m'ont frappé ?.... y a-t-il donc entre vous
et moi une cause profonde d'inimitié ?.... J'ai vécu dans les
camps, et vous n'avez jamais quitté le seuil des palais : nous
ne pouvions donc nous rencontrer sur les routes que nous
avons suivies, et votre haute fortune politique s'est accomplie
par des voies que j'ai toujours ignorées.

Cependant votre conduite vis-à-vis de moi est telle que nos
contemporains s'en sont émus ; quelques-uns ont voulu y
voir la preuve d'un mystère sanglant auquel vous vous seriez
associé ; ils vous ont accusé d'avoir, en 1816, donné la main
aux conspirateurs de Grenoble et trahi le roi dont vous étiez
le ministre. Ainsi s'expliquerait cette précipitation sans

S

exemple avec laquelle vous ordonnâtes les supplices ; il fallait obtenir le silence, et la tombe ne pouvait se-fermer assez vite sur des complices.... Ainsi s'expliquerait également cette haine persévérante avec laquelle vous m'avez poursuivi : j'aurais rompu votre trame et surpris votre secret. Ces accusations ont été nombreuses, éclatantes. L'ancien archiviste de la police Peuchet, les a formulées en prétendant avoir dans les mains des preuves recueillies dans l'intimité même de votre ministère. Simon Didier, le fils de la malheureuse victime de cette conspiration avortée, vous a publiquement signalé comme l'âme du complot ; la presse a répété son langage ; les tribunaux en ont retenti ; un journal vous a stygmatisé comme le *grand coupable* dans les événements de Grenoble.

Vous vous êtes tu, Monsieur le Duc : est-ce mépris de l'opinion ? Est-ce résignation stoïque ? Votre honneur vous semble-t-il trop haut placé pour que le soupçon puisse l'atteindre ? N'est-ce rien pour vous que d'entendre ces mille voix qui vous demandent compte du sang versé par vos ordres, et qui vous crient qu'il l'a été dans l'intérêt de votre ambition ? Ne craignez-vous pas que votre incroyable silence ne soit pris pour un aveu ?

Mais voici qu'un écrivain annonce qu'il a découvert *quatre-vingt-trois lettres* émanées de vous, écrites à un agent provocateur en Dauphiné, et datées de 1816. Il les tient, on peut les voir : il va les mettre au jour..... vous vous taisez encore !

Eh ! grand Dieu ! où donc est votre cœur, Monsieur le Duc ? Vous ne vous offensez pas quand on imprime à la face de la France que l'on a découvert des preuves qui établiraient votre infamie ? Vous acceptez ces imputations ? Il serait donc permis de dire que vous avez escroqué, que vous êtes faussaire ?

Voler la bourse d'autrui, calquer sa signature, sont des crimes moins grands que de trahir son pays et d'égorger ses complices. Tel est cependant le sens des accusations devant lesquelles vous êtes muet.

Il était en France un homme qui avait un intérêt immense à les révéler, ces accusations; cet homme, c'était moi.

Quand vous avez brisé mon existence, vous avez partout fait répandre le bruit que j'avais fomenté la conspiration de Grenoble pour me donner le mérite de l'avoir étouffée. L'esprit de parti s'est emparé de ces calomnies et j'en porte depuis vingt-six années le terrible et cruel fardeau. En le voyant rejeté sur vous, en vous voyant courbé sous lui, n'avais-je pas le droit de vous prendre à partie et de vous dire : Si vous êtes innocent, confondez les imposteurs; si vous êtes coupable, soyez publiquement et à jamais flétri, et que le jugement de l'opinion ratifié par vous, serve enfin de tardive et complète réhabilitation à ma vie si tourmentée.

Voilà ce que je devais faire, et je l'ai fait. Un homme de lettres m'a annoncé, vous ai-je dit, Monsieur, qu'il avait entre les mains des pièces qui compromettaient au plus haut degré votre honneur, et qui justifiaient le mien. Je les lui ai demandées et je n'ai pu les obtenir. Je me suis adressé à la justice; vous connaissez l'issue de ce débat. Et pendant que je plaidais, vous, Monsieur le Duc, vous n'avez point usé du droit d'intervention qui vous appartenait; on vous accusait et vous gardez le silence, vous laissez mettre votre honneur au pilori, et l'éclatante publicité donnée à mon ajournement ne vous a pas même arraché un mot d'explication ou de blâme.

Qu'en induire? Sinon que les documents émanés de vous et prouvant votre complicité dans la déplorable et tragique conjuration de 1816, existent ou ont existé; car autrement comment ne désavouez-vous pas les pièces que l'on prétend posséder, et que l'on menace de publier?

Acceptez donc l'une ou l'autre de ces positions :

Effacez par un désaveu net et explicite l'audacieux défi qu'on vous a jeté, ou consentez à recevoir de l'histoire la qualification qui vous appartient.

Le lieutenant-général,

Vicomte Donnadieu.

Courbevoie, ce 28 février 1843.

Nous le demandons au lecteur :

Est-il un seul homme, si peu soucieux qu'il fût de son honneur et de sa dignité, qui aurait reçu sans s'émouvoir une lettre si énergique et accepté la flétrissure d'une telle accusation ? Comment le duc Decazes n'y a-t-il pas répondu ? Il n'a donc rien trouvé dans ses souvenirs, ni dans sa conscience, pour repousser d'aussi terribles allégations ? Il faut que la vérité ait une voix bien puissante pour imposer ainsi à un pareil homme et le forcer à se cacher derrière le silence de sa honte !...

Extrait des procès-verbaux du Conseil-Général du département de l'Isère.

M. le Président a dit :

" Messieurs,

" Les événements de la nuit du 4 au 5 mai sont connus

de vous. Une révolte à main armée a troublé la tranquillité de Grenoble et menacé celle du département.

" Les suites de cet attentat pouvaient devenir incalculables,
si les factieux n'eussent vu leurs complots déjoués au pied de
nos murs.

" Ce succès est dû à M. le lieutenant-général Donnadieu,
commandant la 7e division militaire, à M. le préfet, aux légions de l'Isère et de l'Hérault, aux dragons de la Seine, à la
garde nationale à pied et à cheval, à la compagnie départementale et à la gendarmerie stationnée à Grenoble.

" Les troupes de la garnison, accourues au premier bruit
de nos dangers, ont donné des preuves éclatantes de fidélité
et de courage. La garde nationale à pied et la compagnie
départementale n'ont pas montré moins de bravoure, en em-
portant le poste de la Bastille. Le même éloge est mérité
par la garde nationale à cheval. Tous nous rendirent, dans
cette nuit fatale, et ne cessent de nous rendre des services
signalés.

" Nous n'oublierons jamais le zèle généreux de la garde
nationale de Lyon. Elle abandonna ses foyers pour voler à
la défense des nôtres. Ils voulaient partager nos périls et
coopérer à notre délivrance.

" Cette réunion de vrais Français a écarté de nous d'af-
freuses calamités et dissipé nos craintes. Tous ont des droits
à notre reconnaissance. Je vous invite, Messieurs, à exami-
ner quels seraient les moyens d'en acquitter la dette."

Cette proposition a été mise en délibération.

*Le conseil général, pénétré de la grandeur et de l'impor-
tance des services rendus au département dans la nuit du 4
au 5 mai, désirant offrir un hommage public.*

*Au dévouement, aux excellentes dispositions militaires et
à l'intrépidité de M. le vicomte Donnadieu, lieutenant-général commandant la 7e division,*

Arrête :

1o Au nom du département de l'Isère, il sera offert à M. le vicomte Donnadieu, lieutenant-général commandant la 7e division militaire, *une épée* sur laquelle sera gravée cette légende :

Nuit du 4 au 5 mai 1816.
Le département de l'Isère sauvé,
Au général Donnadieu.

2o Le conseil général se rendra en corps auprès de M. le lieutenant-général Donnadieu, pour lui offrir l'extrait du procès-verbal exprimant les témoignages de la reconnaissance des habitants de l'Isère.

Ainsi arrêté, à l'unanimité, à Grenoble, dans une des salles de l'hôtel de la préfecture, les jour et an que dessus.

Signé Royer aîné, conseiller de préfecture ; David, Michoud père, Rognat père, Pasquier aîné, Picot la Beaume, Darbon, conseiller de préfecture ; Farconnet, Richemond, Vallier, Pecoud, Accoyer, Planelli de la Valette, maire de Grenoble, Maurel, président à la Cour royale, Sibuel de Saint-Féréol père, de Trivie, Du Bouchage (humbert), de Moidieu.

Le président du conseil général,
Signé Planelli de la Valette.

Le secrétaire du conseil général.
Signé Darbon.

FIN DU PREMIER CHAPITRE.

DEUXIEME CHAPITRE.

———————•———————

Au Lecteur :

Nous allons aborder un terrain mystérieux,
hérissé de difficultés............ Il s'agit de
signaler ces intrigues secrètes, ces conspirations
ténébreuses qui se fomentent si souvent, hélas !
au sein des Cours, et que le flambeau de l'histoire
ne parvient à éclairer, après un long laps de temps,
qu'à l'aide de pièces accusatrices que le hasard ou
la cupidité viennent livrer tout-à-coup à l'étonnement et aux méditations des peuples !

Combien de faits sont inexplicables, au moment
où ils apparaissent sur la scène du monde, mais
que, plus tard, des révélations soudaines ont ex-
pliqués à tous les yeux !

C'est dans l'intérieur des palais que l'ambition a établi son empire ; là, jamais elle ne sommeille . . . . elle marche toujours vers son but par des voies tortueuses, et ne respectant ni les droits, ni la tranquillité des citoyens, ni les liens sacrés de la famille, elle sacrifie tout à ses intérêts sans remords et sans pitié ; de là les convulsions, les révolutions qui ont si fréquemment agité l'Europe, et surtout la France !

Mais le prince ambitieux ne saurait agir seul ; il lui faut des serviteurs dévoués, des complices. Rapprochés du foyer de l'intrigue, soumis à son action corruptrice, les courtisans secondent avidement ses projets et trompent la nation par des apparences mensongères.

Si les malheureux qu'ils ont séduits succombent dans la lutte, ils sont les premiers à les livrer au bourreau, afin d'enfouir leur secret dans la tombe ; et s'ils triomphent, l'indifférence et l'oubli deviennent souvent leur partage.

Combien d'hommes ont joué ce rôle odieux pendant le demi-siècle qui vient de s'écouler ! Beaucoup sont connus ; d'autres ne le sont pas :

nous pourrions signaler quelques-uns de ces derniers
au mépris de l'opinion publique, mais nous nous ar-
rêtons devant le respect que l'on doit aux familles.

Le lecteur, nous n'en doutons pas, approuvera
notre réserve, qui n'ôte rien à la vérité; et sans
chercher à former sa conviction, nous le laissons
juge des *Révélations politiques* que nous mettons
sous ses yeux.

Un colonel de cavalerie, nommé Charles-Ferdinand, baron de Saint-Clair, qui jouissait à l'armée
de Condé de la réputation la plus brillante, chevalier de cinq ordres, homme d'honneur, excellent
militaire, estimé de tous ceux qui le connaissaient,
se reposait des fatigues de ses longues guerres et
vivait paisiblement avec sa retraite de colonel, entouré de la considération publique, lorsque par
hasard et pour son malheur le 12 mars 1819, le
complice de Louvel, nommé Jean-Louis Brinck,
dit Buiéma, se présenta chez lui et lui dit: "Monsieur le colonel, connaissant votre dévouement

T

absolu à la famille royale, et votre noble caractère, j'ai pris la liberté de venir vous trouver, parce que je suis écrasé sous le poids d'un secret, et vous êtes le seul homme peut-être auquel je puisse le confier.

« Un complot, ajouta-t-il, existe contre les jours de S. A. R. le duc de Berry ; sa perte est résolue ; et j'ai la certitude qu'il ne tardera pas à être assassiné, si l'on ne prévient ce malheur. »

M. de Saint-Clair demanda alors à Buiéma pourquoi il ne s'adressait pas à la police........ « Parce que, répondit-il, je suis sûr que je n'existerais plus vingt-quatre heures après ! »........

— Que prétendez-vous dire ?

— Je prétends dire que M. le duc ***........ est le principal auteur de ce complot ; qu'il le dirige ; qu'il est le promoteur des assassins déjà trouvés pour immoler ce prince, et que d'autres personnages, dont je ne connais pas encore les noms, sont au nombre des conjurés.

Ainsi, hâtez-vous, Monsieur le colonel, de prévenir leurs coups ; mais soyez circonspect et ne vous adressez qu'à quelqu'un de la Cour dont le dévouement pour S. A. R. vous soit bien prouvé.

« Ma position est affreuse, continuait-il, arrachez-moi de leurs mains ; cherchez-moi des protecteurs assez puissants pour que je puisse sortir de la France sans trouver la mort sur mon chemin. »

M. de Saint-Clair était trop attaché à la famille royale pour manquer à un devoir aussi impérieux. Le même jour, 12 mars 1819, il écrivit à un des aides-de-camp du prince pour lui déclarer le danger qui menaçait le duc de Berry, en le priant de lui assigner promptement un rendez-vous afin de recevoir ses avertissements et concerter les moyens de déjouer l'odieux projet que l'on méditait contre lui.

Mais, au lieu d'en donner avis sur-le-champ à S. A. R., l'aide-de-camp communiqua la lettre du colonel à M. le duc***...... qui, depuis ce jour-là, le poursuivit de toute sa vengeance.... comme un tigre affamé suit sa proie.

Aussi, dès le 14 mars, M. de Saint-Clair fut arrêté, conduit à la préfecture de police, et de là à la Force, où il resta vingt-huit jours, sous la prévention d'avoir indûment porté les décorations des ordres de Saint-Georges, Saint-Anne, Wladimir, et du Mérite militaire de Prusse, *à l'aide de faux titres.*

Il devait nécessairement succomber sous le poids de cette accusation, car les brevets envoyés des Bureaux de la Guerre étaient évidemment faux, et l'autorisation qu'il avait obtenue de porter ces ordres en France, et dont le ministère avait exigé la remise sans nécessité, et sous un vain prétexte, lui avait été *frauduleusement retenue.*

Mais on ne trompe pas facilement la religion des magistrats dont s'honore la capitale. Dès le premier interrogatoire qu'il subit devant M. Roger, juge d'instruction, il fut mis en liberté.

Le 27 mai 1819, la chambre du conseil décida qu'il n'y avait point lieu à suivre contre lui, et ce jugement resta sans appel de la part du ministère public.

La justice fut donc convaincue qu'il était victime d'une affreuse persécution.

Ce colonel était trop dévoué, trop énergique pour s'effrayer de quelque danger que ce fût, lorsqu'il s'agissait de sauver la vie de son prince.

Sorti de prison le 29 avril au soir, il écrivit le. lendemain, 30, à M. le duc*** .... une lettre dans le sens de celle du 12 mars à l'aide-de-camp qui en fit un si honteux usage.

Ce personnage prouva par sa conduite qu'il s'inquiétait aussi peu du salut du duc de Berry que le comte*** .... ; plus poli que ce dernier, il l'honora pourtant d'une réponse, mais *seulement deux mois après* ...... mais seulement pour lui dire que la santé de madame sa mère ne lui permettait pas de s'occuper *d'autres choses,* et qu'il ne pouvait pas le recevoir.

Exaspéré de voir le mauvais succès de ses démarches, le Colonel ne se découragea pourtant pas, et, malgré les cruelles souffrances qu'il éprouvait de ses anciennes blessures, il fit part à plusieurs autres personnes de ses justes craintes.

Mais hélas! tous ses bons avertissements .... tous ses efforts ne purent empêcher la catastrophe qu'il redoutait ...... le 13 février arrive ...... le prince est assassiné .... et dès le lendemain 14, M. de Saint-Clair écrivit à ce même duc***...... la lettre suivante:

" Monsieur le duc,

" Le grand crime dont j'ai prévenu M. le comte***..... le 7 juillet, dont je voulus prévenir un des aides-de-camp le 12 mars, est à la fin consommé, faute de fermeté, de courage, de prévoyance, qui l'auraient bien empêché.

" *Au prix de mon sang, j'ai proposé à M. le comte****... d'épargner à la France ce nouveau forfait.*

" L'énergie qu'il m'a fallu déployer a eu l'air de l'effrayer et il m'a seulement répondu *qu'on avait l'œil partout.*

" Quel prince sacrifié par ce parvenu! ......

" Ah! Monsieur le duc, quelle imprévoyance de la part de ceux qui pouvaient faire autrement, et même prévenir ce crime horrible! Actuellement, si on désire savoir la vérité, je vous supplie de faire en sorte auprès de S. A. R. Monsieur, que je sois placé pour garder cet infernal monstre qui n'est que *l'instrument du véritable assassin.* Mon courage, comme ma fidélité sont irréprochables; l'un comme l'autre sont à l'abri du soupçon; et ni les menaces ni le pouvoir de M. le duc ***...... ne sont dans le cas de m'intimider.

" J'ai porté en personne cette lettre qui, je l'espère, attirera votre attention.

" Ce crime atroce est peut-être l'avant-coureur d'autres préméditations ; l'homme vraiment coupable peut prolonger son infernale participation, et j'attends avec confiance des ordres pour me rendre au poste *où je saurai bien empêcher que le poison ou tout autre moyen ne rendent impossibles les éclaircissements qu'on peut attendre de ce monstre.*

" J'ai l'honneur d'être, etc.

(Signé)   le baron de SAINT-CLAIR.

Réponse autographe à la lettre précédente.

" Paris, le 20 février 1820.

" Le duc ***....... a l'honneur de faire ses compliments à M. le baron de Saint-Clair et lui témoigne ses regrets de ne *pouvoir seconder ses désirs, ne sachant à qui se trouve confiée la garde de ce monstre.*

" Du reste, le duc *** ...... ne doute nullement des sentiments de M. le baron de Saint-Clair."

Le refus de la proposition du colonel ne prouve-t-il pas évidemment que l'on avait trop à craindre des révélations de Louvel, pour qu'on lui en confiât la garde ?...............................

Tandis que la Commission et la Cour des Pairs faisaient venir à grands frais à Paris, toutes les personnes qui avaient proféré le moindre mot qui eût du rapport aux antécédents, aux circonstances de cet attentat ; tandis 'qu'elles allaient jusqu'à entendre des forçats libérés, jusqu'à faire transporter des galériens de leurs bagnes, lui, vétéran de l'armée de Condé ; lui, serviteur éprouvé de la famille des Bourbons ; lui, qui se trouvait sur les lieux, qui s'était montré instruit de tout, qui avait tout dénoncé plusieurs mois à l'avance, *fut soigneusement laissé de côté.*

C'est une chose que l'on ne put pas concevoir alors...... mais que la France va comprendre aujourd'hui avec nous.

Elle verra aussi *la vraie cause* des persécutions qui ont flétri l'existence de ce brave colonel.... Pourquoi on l'a précipité dans les cachots, et traîné sur les bancs de la Cour d'assises, sous la prévention de crimes imaginaires....................

C'était pour l'assassiner moralement dans la société......pour le rendre indigne de foi.

Croirait-on que cet homme d'honneur, couvert de blessures et de décorations, fut réduit à s'asseoir sur le banc de la cour d'assises, et à se défendre contre un ridicule assemblage de délits pour le perdre ?............

Heureusement qu'une main maladroite avait grossièrement contrefait tous les titres qu'il avait remis au ministère : l'état de ses services, les brevets de ses décorations, tout, jusqu'à son acte de naissance, lui avait été soustrait, pour être remplacé par des pièces matériellement fausses, qui lui étaient attribuées.

Mais la justice sut se reconnaître dans ce dédale de mensonges et de diffamations.

Elle comprit qu'une main puissante pesait sur lui et cherchait à l'écraser.

Aussi, à la honte du pouvoir, par arrêt du 26 novembre 1826, la cour d'assises de la Seine l'acquitta de toutes ces accusations de faux.

Ce ne fut pas le seul affront que ses lâches accusateurs eurent à essuyer ; car il fut également renvoyé de la prévention de port illégal de ses cinq décorations étrangères, parce qu'il fut constant dans la procédure que, sur la remise de ses brevets, il avait obtenu du grand chancelier de la Légion-d'Honneur l'autorisation de porter tous ces ordres, et que cette autorisation qu'il avait livrée par l'effet d'un piége, lui était iniquement retenue. Malheureusement, le jury ne sut pas comprendre que, si les ennemis puissants qui le poursuivaient en cherchant à tromper la justice, avaient été capables de lui attribuer des crimes qui devaient tous entraîner des peines infamantes, ils l'avaient été, à plus forte raison, de lui attribuer un délit qui

ne devait donner lieu qu'à un simple emprisonne-
ment. Il ne réfléchit pas non plus, que si les per-
sécuteurs de cet officier n'avaient pas craint de lui
retenir *frauduleusement* l'autorisation de la chancel-
lerie pour ses ordres étrangers, il leur avait été
aussi facile de lui retenir son brevet de la croix
de Saint-Louis, que le colonel affirmait avoir déposé au ministère de la guerre, pour l'échanger,
en exécution d'une ordonnance royale.

Et c'est parce que le jury ne saisit pas une
chose aussi simple, dans une accusation contre laquelle il devait être si prévenu, qu'il déclara le
colonel coupable d'avoir porté la croix de Saint-
Louis sans titre. Il fut, en conséquence, condamné à six mois de prison...... quelle fatalité !.........

Voici une pièce à l'appui en sa faveur :

" Je soussigné certifie que Monsieur le baron de Saint-
Clair (Charles-Ferdinand) a été reçu chevalier de Saint-
Louis, le 3 avril 1803, par Son Altesse Sérénissime le prince
de Condé, d'après la recommandation spéciale du général
sir John Moore, à son retour de la campagne d'Egypte ; et
n'ayant reçu que le ruban, la croix lui est légitimement due.

U

" En foi de quoi, je lui ai délivré le présent certificat pour lui servir et valoir ce que de raison.

" Aux Tuileries, le 6 septembre 1816.

" (Signé)   Le duc de la CHATRE,

" Premier gentilhomme de la Chambre du Roi."

Ce qu'il y a d'odieux dans cette trame contre M. de Saint-Clair, c'est que lorsqu'on le livra à la justice pour la première fois, on n'osa pas lui imputer le port illégal de cette décoration, parce que le prince de Condé et le duc de la Châtre vivaient et que leur témoignage aurait confondu ses vils dénonciateurs.

Ce ne fut qu'après leur mort, et après lui avoir soustrait leurs témoignages écrits, qu'ils osèrent seulement soulever cette indigne accusation contre lui.

Voici la preuve de l'erreur du jury, la honte et la confusion de ces hommes qui le poursuivaient de leur vengeance, parce qu'il avait eu le courage de dévoiler leurs forfaits :

En 1793, il entra, à l'âge de seize ans, dans l'armée royale comme chasseur noble, ce qui lui donnait le rang d'officier.

Il ne passa ensuite au service des puissances étrangères qu'avec l'autorisation formelle de nos princes.

Depuis, il fut toujours en activité jusqu'à la Restauration, époque où il rentra en France avec le grade de colonel des hussards de Grodno. Ses services, ainsi que cela s'est pratiqué envers tous les autres émigrés, devaient donc lui être comptés comme s'il avait servi en France le Roi sur son trône.

Car pour avoir droit à la croix de Saint-Louis, il fallait vingt-cinq ans de service ; eh bien ! à la Restauration, le Colonel avait plusieurs blessures très graves, vingt-trois ans de campagne double, ce qui, joint aux dix années de grâce accordées sous ce rapport aux émigrés, lui faisait cinquante-six ans de service.

Pour obtenir la croix de Saint-Louis, il n'avait donc qu'à la demander. Pourquoi ne l'a-t-il pas fait ?.......... Par la raison toute simple, qu'elle lui avait été conférée, le 3 avril 1803, par le prince de Condé, *mandataire du roi*, et qu'il n'avait pas à demander une chose qu'il avait légalement acquise, et dont il jouissait depuis onze ans.

Voici deux pièces à l'appui de la vérité :

" Paris, ce 13 novembre 1826.

" Je certifie que M. le baron de Saint-Clair (Charles Ferdinand) a servi dans la cavalerie noble de l'armée de Condé, avec autant de distinction que de dévouement au roi, depuis le commencement de février 1793 jusqu'au 22 octobre 1794.

" En foi de quoi, je lui ai délivré le présent certificat.

" Le lieutenant-général, pair de France,

" (Signé)   Le marquis d'ECQUEVILLY."

" Aux Tuileries, le 6 septembre 1816.

" Par le présent, je soussigné certifie que M. le baron de Saint-Clair (Charles-Ferdinand), colonel de cavalerie, a émigré au mois de février 1793, et qu'il a pris du service dans les armées des puissances étrangères, par autorisation de Sa Majesté, alors *Monsieur*, et que ses services doivent lui être comptés comme ayant servi Sa Majesté le Roi de France.

" En foi de quoi, je lui ai délivré le présent pour lui servir et valoir.

" (Signé)   Le duc de la CHATRE,

" Premier gentilhomme de la Chambre du Roi."

Ne reconnaît-on pas ici les hommes de Grenoble ? n'est-ce pas le même système, le même machiavélisme qui préside à toutes leurs actions ?
....
...... Pour satisfaire leur ambition, ou leur cupidité, ils ne reculent devant aucun moyen !......
Puis, pour cacher leurs forfaits, il leur faut nécessairement des victimes !...... Quiconque alors a le malheur de *déjouer* ou de *dévoiler* leurs trames

criminelles, est sûr d'être immolé...... d'être
assassiné moralement dans l'opinion..........
d'être flétri, avili aux yeux d'un public crédule
...... et cela à un tel point que la vérité même
de leurs infamies paraît à peine les atteindre, ayant
perdu, déshonoré d'avance leur accusateur.

Révélations faites par JEAN-LOUIS BRINCK

(dit Buiéma) *qui fut complice de Louvel.*

————◆————

" Je soussigné Jean-Louis Brinck, dit Buiéma, natif de
Lahaye, en Hollande, royaume des Pays-Bas, déclare : —
" Que le 12 mars 1819 au matin, je me suis rendu dans
la commune de Marly-le-Roi, près de Versailles, où demeurait
M. le colonel de cavalerie Charles-Ferdinand, baron de Saint-
Clair, dont les opinions royalistes et la personne m'étaient
connues ; que là, dans l'intention d'empêcher un crime que
je savais être préparé dans des vues qui m'étaient, à cette
époque, encore inconnues, je le sommai sous le serment de
me garder le secret ; et pour l'acquit de ma conscience, je lui
déclarai ce qui suit :—
" *Premièrement* : — Qu'étant au service de M. le vicomte ***, j'avais eu connaissance d'un projet odieux, celui de
donner la mort à S. A. R. Mgr le duc de Berry.
" *Secondement* : que je m'adressai à M. le colonel de
Saint-Clair, parce que ses opinions royalistes et son émigration m'assuraient de sa loyauté autant que de la franchise de
son caractère ; qu'étant sûr qu'il chercherait à s'opposer de

toutes ses forces au crime dès lors prémédité et qu'il en pourrait prévenir le prince ou les personnes qui l'environnaient, je venais alors pour l'en avertir, parce que mon désir, ma volonté positive étaient d'empêcher la mort projetée de S. A. R.

" M. de Saint-Clair m'ayant objecté que j'aurais dû et devais en prévenir la police, je lui répondis que j'étais venu le trouver, ne sachant à qui m'adresser, puisqu'il me paraissait que des personnages puissants méditaient cet attentat, que je ne les connaissais pas tous, mais que j'étais certain que *M. le duc* *** ...... *en faisait partie et dirigeait toute cette affreuse affaire* ....; qu'enfin, l'on me ferait périr si jamais l'on venait à savoir ma démarche; et que ces motifs m'avaient empêché de m'adresser à d'autres personnes; crainte aussi de tomber entre les mains d'un de ses amis, agent ou complice.

" *Troisièmement* : Après avoir répété que je ne voulais que sauver la vie du duc de Berry, et non pas être dénonciateur, j'ajoutai que je ne connaissais pas encore tous les conjurés. ...... que, du reste, n'ayant encore que mon seul témoignage à donner en preuve, j'espérais que M. le colonel se bornerait pour le moment à prévenir l'assassinat, sans désigner personne. Il me renouvela alors le serment de ne jamais me nommer, et je promis de le tenir au courant de tout ce que je pourrais découvrir sur cette affaire.

" *Quatrièmement* : Lorsque je revis M. de Saint-Clair, quelques jours après, je lui fis les révélations suivantes:

" Je suis entré au service de M. le vicomte*** .... il y a quelques années; vous savez, comme je vous l'ai déjà dit, qu'il m'a accordé toute sa confiance en 1819.

" J'ai connu ainsi les projets formés contre le duc de Berry, et je puis affirmer que mon maître m'engagea à devenir l'instrument des conjurés, en me promettant cent-cinquante mille francs, garantis par M. le duc*** ....

" Le soir du 22 décembre, il me fit appeler dans son cabinet, dont il ôta la clef, et me plaçant un pistolet sur la gorge, il me dit : qu'il me brûlerait la cervelle, si je ne voulais pas accepter ce qu'il m'avait offert.

" Le jour fatal arrive ; on devait consommer le crime le 12 février. M. le vicomte *** . . . . . . me mit dans la main une bourse contenant quinze-cents francs en or,* en me disant : *" Courage ! Souviens-toi que ton père a bravé mille fois la mort au champ d'honneur ; tu sais qu'il a commandé le 11e hussards ; tenez, recevez ce poignard.*

" Je n'ai pas manqué de réfléchir par quel moyen je pourrais m'échapper des mains de ces infâmes ; mais toutes les ruses que j'ai employées ont été inutiles.

" Bientôt Louvel se présenta devant moi, accompagné de M. le duc *** . . . . . . et d'autres personnages . . . . . . Ils me dirent que c'était Louvel qui devait frapper le prince le premier, et que s'il le manquait, je devais porter le second coup. J'eus la faiblesse, oubliant ce que mon père n'avait ordonné avant de mourir, de prêter le serment qu'on exigeait de moi.

" Le 13 février, à 9 heures du soir, je sortis de l'hôtel avec le vicomte *** . . . . . . et le duc *** . . . . . ., et ils me conduisirent en voiture dans une rue très obscure où je trouvai Louvel qui me dit : *" Le moment de notre bonheur est arrivé !"* . . . . . . Je suis resté dans un saisissement pénible ; pendant quelque temps.

" A la fin, Louvel me prit par le bras et m'amena à la

* 1o Il est digne de remarque que la même somme en or fut trouvée chez Louvel, le jour même de son arrestation.

2o On assure, et cela a déjà été imprimé, qu'en sortant des mains de son confesseur pour marcher à l'échafaud, Louvel dit : " *Je ne croyais pas qu'ils m'eussent laissé périr !"*

porte de l'Opéra ; je me cachai derrière la voiture de
S. A. R.

« Le duc de Berry ne tarda pas à paraître, et au moment
où il présentait la main à la princesse pour la faire monter
en voiture, Louvel s'avança et porta le coup mortel au
prince qui s'écria : « Je suis assassiné ! » Louvel se sauva
d'un côté, et moi de l'autre.

« Je me rendis de suite chez le vicomte *** . . . . . que je
trouvai seul chez lui. Je lui racontai ce qui venait de se
passer et il m'envoya voir si Louvel s'était échappé. J'appris bientôt qu'il avait été arrêté rue Rameau ; j'en portai
aussitôt la nouvelle à mon maître qui s'écria : *« je suis*
perdu ! » . . . . .

« Il me fit alors entrer dans sa chambre, me recommanda
le plus grand secret, et m'ordonna de n'en parler jamais à
personne. Je lui répétai le même serment que je lui avais
déjà fait, et il me donna une lettre à porter à M. le duc*** . . .,
m'enjoignant de ne la remettre *qu'à lui seul.*

« Celui-ci me reçut on ne peut plus mal en me disant :
que si je ne quittais pas la capitale, il me ferait arrêter sur
le champ.

« Je retournai chez mon maître ; il était sorti. Après
plusieurs heures d'attente, je me retirai dans ma chambre, et
j'étais à peine couché, que je fus sonné. A ma grande surprise, je trouvai le vicomte*** . . . . . tout en larmes : « Nous
SOMMES TOUS PERDUS ! » me dit-il.

« Il me remit un certificat et une lettre de recommandation pour M. le général commandant à . . . . . . Le lendemain
matin, à six heures, je partis de Paris habillé en femme, pour
cette destination.

« En arrivant à Claye, je fus arrêté par quatre gendarmes et
conduit devant le procureur du roi qui m'interrogea et
s'aperçut facilement que j'étais un homme déguisé. Il or-

donna de me visiter et de voir si je n'avais pas de papiers. Heureusement, qu'ils étaient si bien cachés, qu'on ne les trouva pas. On me traîna en prison, sous la prévention de complicité dans le meurtre de S. A. R. le duc de Berry, la nuit du 13 au 14 février.

" Après avoir exposé plusieurs fois ma vie, je parvins à m'évader ; je me hâtai de gagner Meaux, ensuite Châlons, et je me rendis chez le comte***...... qui me reçut *avec les marques d'une amitié peu commune.*

" Je restai quelque temps chez lui et n'en sortis que lorsque je reçus l'ordre de me rendre auprès du vicomte*** ...... Il m'accabla de questions pour savoir comment j'avais pu m'évader, puis il me remit une lettre du duc***...... Je me hâtai de la lire ; il me disait que je savais très bien ce qui s'était passé le 22 décembre 1819 ; qu'il me priait de garder le secret et qu'il en serait toujours reconnaissant. J'ai reçu cette lettre le 19 octobre 1820.

" Mon colonel, cette lettre seule pouvait me rendre la liberté ; mais je ne voulais, ni ne pouvais rien faire sans vous.

" Vous le savez, j'ai des ennemis puissants, mais ils sont plus lâches que moi. Vous n'ignorez pas que je suis le fils du colonel du 11e régiment de hussards ; j'ai suivi ses traces au champ d'honneur, et ainsi que lui, j'ai fait face à l'ennemi. Pourquoi ne le ferais-je pas devant une poignée de scélérats, qui occupent aujourd'hui les places les plus importantes de l'Etat ?...... Mais, restons-en là sur le compte de ces individus qui ne cherchent qu'à faire le mal.

" Enfin, Monsieur le colonel, je suis resté au service du vicomte * * *......jusqu'à ce que, soupçonné d'avoir été le complice de Louvel, je crus devoir chercher un asile au sein de ma famille.

" Dans ce dessein, je traversai rapidement la France, et au moment de franchir la frontière, je fus arrêté à Lille, comme

x

prévenu de désertion du 52e de ligne. On prit tous les renseignements possibles, et comme l'on ne me trouva sous aucun numéro de ce régiment, je fus remis entre les mains de l'autorité civile.

" Au bout de huit jours, l'on me conduisit devant M. le général commandant la division, qui me demanda si je ne sortais pas du service de M. le vicomte*** . . . . . . Je lui répondis que non, et il me traita avec la plus grande rigueur, en me disant: *que je savais quels étaient les assassins du prince.*

" Il ordonna de me mettre au cachot les fers aux pieds et aux mains. Mais comme j'avais promis et même prêté serment à M. le vicomte * * * . . . . . . de rester muet sur cette question, je persistai à ne rien avouer.

" Je réussis néanmoins à faire parvenir une lettre au général Delcombre, qui est mon cousin, et je fus enfin délivré de ma captivité par ordre du Commandant de Lille, qui me fit donner une feuille de route pour me rendre à la résidence de ce général.

" Voici, Mon colonel, tous les renseignements que je puis vous donner sur cette horrible affaire. Je compte sur vous comme vous pouvez compter sur moi. J'ai aujourd'hui tous mes moyens de défense en main, et je perdrais plutôt la vie que de reculer devant les menaces de mes ennemis. Je me recommande à vos bontés, et je vous prie de ne pas m'abandonner dans ma triste position. Quant au vicomte*** . . . . . ., j'ai toutes les preuves contre lui, jusqu'au poignard même dont il m'avait armé pour frapper l'infortuné prince: CAR CETTE ARME EST ENCORE ENTRE MES MAINS.

" Agréez, Monsieur le colonel, etc.

" (Signé)   JEAN-LOUIS BRINCK.

" (dit BUIEMA.) "

Etched by T.H. Jones.

S.A.R. LE DUC DE BERRY.

Le lendemain de l'assassinat du Duc de Berry,
au moment où le président de la Chambre des
Députés, M. Ravez, se disposait à donner lecture
de la lettre, avis officiel de cette triste nouvelle, un
député de l'Aveyron, Conseiller à la Cour suprême, M. Clausel de Coussergues, s'élançait à la
tribune : " Il n'y a point de loi, disait-il, qui fixe
le mode d'accusation des ministres, mais il est de
la nature d'une telle délibération qu'elle ait lieu
en séance publique et à la face de la France. Je
propose à la Chambre de porter un acte d'accusa-
sation contre M. Decazes, ministre de l'Intérieur,
comme complice de l'assassinat du duc de Berry,
et je demande à développer ma proposition...."
De violents cris *à l'ordre*! partis de tous les
bancs du centre et de la gauche interrompirent
l'orateur; il descendit de la tribune, laissant la
chambre sous le coup de la plus vive agitation.
Le lendemain, cependant, M. Clausel de Coussergues régularisa sa proposition d'une manière plus

parlementaire ; et, se conformant aux prescriptions de l'article 56 de la charte, il accusa M. Decazes du crime de trahison.

Après avoir été une première fois retirée,
puis déposée de nouveau sur le bureau de la
Chambre, la proposition de M. Clausel de Coussergues n'a jamais été soumise aux discussions du
parlement ; elle fut néanmoins publiée à plusieurs
éditions, et devint alors le résumé le plus complet
de tous les griefs qui, depuis cinq ans, s'élevaient
contre l'administration corruptrice et immorale de
M. Decazes.

La loi du 29 octobre, la loi d'amnistie, le complot de Lyon, celui de Grenoble, l'ordonnance du 5
septembre, les conspirations dites *royalistes*, orga-
nisées par les agents de M. Decazes, les pam-
phlets grossiers et injurieux secrètement adressés
au *New Times* contre le comte d'Artois et tous les
membres de la famille royale, voilà quelles étaient
les principales pièces justificatives de l'accusation
de M. Clausel de Coussergues.

M. d'Argout se chargea de réfuter le député de
l'Aveyron : il ne fut pas plus heureux dans son
apologie que M. de Saint-Aulaire ne l'avait été
dans sa défense. Mais déjà M. Decazes était
tombé ; et c'est dans les rangs du parti libéral,
c'est dans l'intimité des intrigants, des roués et des

ambitieux de haut et bas étage qu'on retrouvera désormais le favori de Louis XVIII.

La Conspiration de Grenoble, rappelée par les *Mémoires* de M. Rey, les accusations de M. Clausel de Coussergues, et les écrits de trente pamphlétaires, est, dès ce moment, assoupie pour ne se réveiller que dix ans plus tard, après le triomphe des hommes au profit desquels cette Conspiration avait été préparée.

CORRESPONDANCE.

———————

Paris, le 20 octobre 1826.

LETTRE PREMIERE.

A Monsieur le Préfet de police, Conseiller d'Etat.

Monsieur le Préfet,

« J'ai eu l'honneur de vous adresser une lettre, le jour après mon arrivée ici, mais n'ayant pas eu de réponse, je me permets aujourd'hui de m'expliquer davantage.

« Il est question de soustraire un homme dont les témoignages seraient de la plus haute importance pour dévoiler un crime des plus atroces.

« Louis-Jean Brinck s'est présenté chez moi le 12 mars 1819 ; il m'a fait part d'une trame horrible ourdie depuis quelque temps ; j'ai fait mon devoir pour empêcher son exécution, comme je puis le prouver par ma correspondance, et les originaux des réponses que j'ai encore entre les mains.

« J'ai l'honneur de vous déclarer, Monsieur le Préfet, que le crime de Louvel ne fut point isolé, et que la providence veut que toute cette monstrueuse trahison soit mise à jour ; et, pour faire éclater la vérité, cette même providence a voulu que je fusse traîné dans la prison de la Conciergerie par mon dévouement.

" Là, le lendemain de mon arrivée, la première personne que j'ai vue fut celui que j'ai cherché partout depuis 1819.

" J'ai aujourd'hui sa déclaration du 12 mars 1819 renouvelée, *et si M. le procureur-général le fait enlever, c'est à la Chambre des Pairs qu'il faut en rendre compte.*

" Aujourd'hui j'ai l'honneur de vous répéter ma prière, et que ce soit le plus tôt possible, car le temps se passe, et si l'on fait partir ce malheureux pour que tout soit enseveli dans les ténèbres, j'ai l'honneur de vous déclarer que si je n'ai pas d'ici à demain un entretien avec quelqu'un jouissant de votre confiance, après-demain matin, toutes les pièces relatives à ce crime trop fameux seront entre les mains de M. le vicomte de Chateaubriand.

" J'ai l'honneur, etc.

" (Signé)   le baron de SAINT-CLAIR."

DEUXIEME LETTRE.

Paris, ce 27 janvier 1827.

MONSEIGNEUR,

" Il faut des motifs du plus puissant intérêt pour que je me permette d'insister auprès de Votre Excellence afin qu'elle daigne accorder sa haute protection au nommé Brinck, actuellement à la Conciergerie. Ce que j'ai pu faire communiquer à Votre Excellence, au sujet de cet individu, doit lui faire pressentir qu'il est d'une extrême importance, je dirai même d'un intérêt politique, que Brinck, accusé de vagabondage, ne soit pas, sous ce prétexte, soustrait à mes recherches non plus qu'à votre surveillance.

" Il me suffira, sans doute, pour exciter votre sollicitude, de vous faire remarquer une circonstance singulière. Brinck est hollandais ; son extradition a été demandée par les autorités françaises ; il a été transféré depuis près de deux ans de prison en prison, sous le poids d'une accusation de complicité dans un crime politique.

Aujourd'hui, abandonnant cette première prévention, et même d'autres encore, dénuées de tout fondement, on veut le juger comme vagabond ! La sagacité si bien connue de Votre Excellence démêlera le fil de cette intrigue dont (je ne puis en douter) les magistrats eux-mêmes sont les dupes.

" Un moment d'entretien avec Votre Excellence lui ferait connaître le fond de ma pensée. Dans l'impuissance où je suis de l'approcher, je ne puis que la supplier d'ajouter foi à la déclaration d'un militaire qui n'a jamais transigé avec l'honneur, et jamais ne s'abaissa à soutenir l'imposture. J'établis donc, et affirme à Votre Excellence ce qui suit :

" L'extradition de Brinck a été demandée et obtenue. Ne voulant ou ne pouvant suivre l'accusation formée contre lui, on a fini par l'accuser de vagabondage.

" On peut le voir, *on a des motifs* pour soustraire cet homme à tous les yeux.

" Je connais l'individu et les *motifs* dont il s'agit. Brinck est hollandais, et conséquemment sous votre protection.

" Les motifs sont aussi hideux qu'importants. L'ayant vu hier, Votre Excellence aura pu apprécier l'exactitude de ce fait.

" L'ensemble de cette affaire intéresse la France entière.

" Par ces considérations, j'invoque de nouveau pour

Brinck l'intervention toujours croissante de Votre Excellence.

" J'ai l'honneur d'être, Monseigneur, etc.

" (Signé)   le baron de SAINT-CLAIR.

A Son Excellence le baron de Fagel, ambassadeur de S. M. des Pays-Bas."

TROISIEME LETTRE.

Réponse de Son Excellence le baron de Fagel.

MONSIEUR LE COLONEL,

" Je vous prie d'avoir l'esprit en repos sur l'intervention que je dois à un sujet des Pays-Bas. Aussitôt votre première correspondance relative au sieur Brinck, j'ai fait les démarches nécessaires auprès de l'autorité civile. *Suivant moi, Monsieur le Colonel, on le retient injustement,* et j'en attends le résultat. Je réglerai ce que j'aurai à faire ensuite.

" J'ai l'honneur de vous offrir à cette occasion l'assurance de ma considération.

" (Signé) le baron de FAGEL."

QUATRIEME LETTRE.

Paris, ce 8 mars 1827.

MONSEIGNEUR,

" J'apprends que Brinck est en ce moment dirigé sur Va-

Y

lenciennes, de brigade en brigade, mais non à pied, avantage
qu'il doit sans doute à votre intercession, ce dont je vous
prie d'agréer toute ma reconnaissance.

« Je ne puis douter, Monseigneur, que la bienveillance de
Votre Excellence suive ce malheureux jusqu'au lieu de sa
destination, et même jusqu'à l'instant où, rentré dans sa
patrie, il n'aura plus à craindre les effets de la haine
d'un parti dont il a été longtemps le jouet et dont, malgré
son obscurité, il court encore le risque d'être la victime.
Cependant j'oserai vous avouer que je n'aurai de tranquillité réelle à cet égard, que si Votre Excellence a la bonté
de m'assurer, *de nouveau*, qu'elle suivra Brinck de sa haute
protection, jusqu'au moment où il sera rentré dans le sein
de sa famille.

« Mon insistance sur ce point peut, Monseigneur, vous
paraître d'autant plus importune et extraordinaire, que votre
Excellence a, je le sais, été singulièrement édifiée sur mon
compte et celui de mon protégé. Ma position actuelle ne
me permettant pas de repousser en ce moment d'ingénieuses
calomnies dont des hommes recommandables, mais abusés,
se sont rendus les échos, il ne me reste d'autre ressource
que d'invoquer votre sagesse, je dirai même votre longani-
mité, pour qu'elles vous suggèrent de différer votre jugement et de m'accorder provisoirement les mesures conserva-
trices et de sûreté que je réclame, mesures entièrement
inoffensives, et dont l'absence pourrait plus tard exciter tous
vos regrets.

« Ne vit-on jamais, Monseigneur, un homme honnête ac-
cablé sous le poids de la calomnie et de l'intrigue ? Est-il
sans exemple qu'un sujet loyal et fidèle ait été victime des
haines d'un parti dont les secrets lui étaient connus ? Eh !
qu'y aurait-il donc d'extraordinaire à ce que je me trou-

vasse (mais pour peu de temps, je l'espère) dans cette situation pénible ; à ce que bientôt même je fusse dans une position plus périlleuse encore ?   Car je n'hésiterai pas à faire tout ce que je crois de mon devoir.

" Et c'est un devoir que je remplis, lorsque je me permets de rappeler à votre Excellence :

" Que l'extradition de Brinck a été demandée par les autorités françaises, et qu'il n'est point vrai que son arrestation ait eu lieu à Valenciennes. ;

" Que, pendant deux années, il a été traîné de prison en prison, sous l'accusation de complicité d'un assassinat politique ;

" Que, dans le sein du tribunal même, un président a articulé que Brinck était accusé d'avoir assassiné son père ;

" Que son juge d'instruction lui a déclaré qu'il était réclamé par les autorités de son pays, comme soupçonné d'avoir assassiné un capitaine de frégate ;

" Que cependant il n'a été conduit sur le banc des accusés que pour le fait de vagabondage, ce dont on n'a pu le convaincre ;

" Que l'on s'est borné à ordonner son renvoi à Valenciennes, *mais qu'on n'a pu assigner aucuns motifs à son transfèrement à Paris ;* question qui est restée entière.

" Que toutes ces hésitations, tergiversations et accusations diverses sont, pour tout esprit réfléchissant, au moins indicatives de faits occultes que le temps et la prudence peuvent seuls dévoiler.

" J'ajouterai et répèterai encore que Brinck et sa famille me sont connus : que certains individus, en ce moment à l'abri sous le manteau de leur puissance, ont de grands motifs de *souhaiter sa disparition et sa perte ;* que ces motifs hideux sont à ma connaissance, et que l'ensemble de cette affaire intéresse la France entière, puisqu'il ne s'agit rien moins que d'un assassinat commis sur un prince français, et de ceux qu'on peut méditer encore.

" Les personnes recommandables qui vous ont entretenu de moi, Monseigneur, sont elles-mêmes abusées ; elles ont involontairement surpris votre religion, comme on a surpris la leur ; en vous parlant avec cette assurance, sous le poignard d'une calomnie adroite et persistante, je remplis le devoir d'un sujet fidèle, et Votre Excellence ne pourra m'en blâmer.

" J'ai l'honneur d'être, Monseigneur, etc.

" (Signé :) Le baron DE SAINT-CLAIR.

"A Son Excellence le baron de Fagel, ambassadeur de S. M. le roi des Pays-Bas."

FIN DU SECOND CHAPITRE.

TROISIEME CHAPITRE.

———

AVANT-PROPOS.

Le 27 août 1830, un événement tragique, mystérieux, incompréhensible, vint frapper Paris de stupeur et de consternation. Quel est l'homme en France, en Europe, qui ne se rappelle avec un douloureux étonnement la mort si imprévue, si inexplicable du duc de Bourbon, prince de Condé?...

Il a mis fin à ses jours par le suicide, disaient les personnes attachées à sa maison!... Non: répondait l'opinion publique, non.... toute la vie du duc de Bourbon est là pour prouver que jamais un projet si criminel n'a pu se présenter à son esprit!... Comment?... L'illustre vieillard, qui fut constamment dirigé dans tout le cours de sa vie par les sentimens les plus purs, les plus sacrés de la morale et de la religion, et dont la parole grave et sévère avait cent fois flétri le suicide, aurait ainsi renié tout son passé et consommé l'acte le plus répréhensible que puisse commettre l'homme ici-bas ?...... *Le prince se donner la mort !* Mais la notoriété de ses opinions s'élève contre cette pensée!...... *Les malheureux ! ils l'ont assassiné ! ......*

Tel fut le cri spontané...... Tel fut le jugement que la France entière porta sur l'événement le plus tragique du siècle!...·... Cette opinion s'est fixée et a prévalu dans tous les esprits...... Interrogez autour de vous : chacun vous répondra, la main sur la conscience : *Ils l'ont assassiné !...* Et l'on peut dire que le peuple a déjà prononcé l'arrêt de la postérité.

Bientôt, recherchant quels pouvaient être les auteurs de ce crime odieux, la voix publique signala hautement la baronne de Feuchères. La vie privée de cette femme, sa cupidité, l'empire qu'elle exerçait sur le Prince, l'immense intérêt qui la poussait à empêcher son bienfaiteur d'annuler, par des dispositions nouvelles, le testament qu'il avait fait en sa faveur ; *tout cela fit planer sur sa tête de bien tristes soupçons.*

Lorsque l'homme le plus obscur disparaît du monde par un événement qui laisse quelque doute sur son genre de mort, la société tout entière s'en émeut...... le ministère public, gardien sévère de la vie des citoyens, se livre aux recherches les plus actives, et frappe les coupables, quels qu'ils soient. Pourquoi donc les grands seigneurs échapperaient-ils aux investigations du peuple et à la flétrissure de l'histoire ?...... Ne doivent-ils pas à leurs concitoyens l'exemple de toutes les vertus, et ne sont-ils pas, par cela seul, bien plus coupables que le commun des hommes ?...... Signaler le crime, lors même qu'il prétendrait se cacher à l'ombre du trône, n'est-ce-pas un devoir pour tout écrivain consciencieux ? — et ce devoir, nous le remplirons jusqu'au bout sans haine et sans crainte.

Nulle prévention n'a guidé notre plume. Nous

avons puisé à des sources authentiques, nous avons consulté des documens certains, et c'est appuyé sur des faits, sur des preuves, dirons-nous, que nous offrons notre ouvrage au public, dans le seul but de lui faire connaître la vérité, rien que la vérité.

Non loin de Paris, à Saint-Leu, vivait le plus noble représentant des glorieuses traditions de la Monarchie, qui a dignement commandé en chef l'armée royale, à une époque de triste mémoire !...

C'était le Duc de Bourbon, Prince de Condé.

Quels souvenirs de gloire et de fierté ce nom ne réveille-t il pas dans le cœur des Français ? Ne nous rappelle-t-il pas de grandes victoires....... d'éclatants services rendus au pays ?.......... N'est-il pas synonyme d'honneur et de chevalerie ?

Les plus grands hommes ont leurs faiblesses, et le duc de Bourbon était animé de ce tendre penchant pour les femmes, que l'on a excusé dans François Ier, Henry IV et Louis XIV, par respect pour les grandes qualités qui faisaient l'apanage de ces souverains.

Dans les ennuis qu'elle éprouvait sur la terre étrangère, S. A. R. jeta les yeux sur une femme, jeune encore, et qui cachait sous des grâces enchanteresses, le cœur le plus cupide et le plus corrompu !................ C'était un mauvais

z

génie qui abreuva la vie du Prince de fiel et d'a-
mertume !......

Mais n'anticipons pas.......... Les faits que
nous allons rapporter ont une logique bien plus
puissante, bien plus terrible pour madame de
Feuchères, que les pages les plus éloquentes !....

Sophie Dawes, anglaise d'origine, fut distin-
guée au milieu de sa nombreuse famille par le duc
de Bourbon qui se trouvait alors en Angleterre.

Elle accompagna le Prince à son retour en
France, et le 14 juin 1818, eut lieu la publication
du mariage de M. Adrien de Feuchères* avec
madame Sophie *Clarck*, veuve de William
Dawes, demeurant à Paris, rue neuve-des-Capu-
cines, N° 9, fille majeure de Richard *Clarck* et
de Jeanne Walker, son épouse.

On partit ensuite pour Londres, où madame
veuve Dawes arriva la première.

" Je n'attends plus que l'arrivée de M. de

---

* On sait que les Français qui se marient à l'étranger doivent
faire publier leur union à la mairie de leur domicile.

Feuchères, écrivait-elle à S. A. R. le 25 juillet 1818, pour terminer cette grande affaire."

Le mariage fut célébré à Londres le 6 août de la même année, et le nom de *Clarck* ne se retrouve plus dans l'acte à la paroisse de Saint-Martin-des-Champs. Ce nom dont madame de Feuchères n'a point fait usage en Angleterre, elle a cru devoir le reprendre en France; car elle a signé Sophie *Clarck*, veuve Dawes.

En 1825, le Prince voulut lui faire présent d'un million; et pour suffire à cette nouvelle dépense, sans gêner le service courant, il fut question de vendre le Palais-Bourbon; mais madame de Feuchères s'y opposa vivement, et l'on se borna à faire un emprunt.

Quel était donc le motif qui la portait à agir ainsi? *Son intérêt personnel*; car le projet de vente comprenait la totalité du Palais, et elle convoitait déjà à cette époque le pavillon, avec le jardin et les dépendances qui en faisaient partie. S. A. R. refusa de lui accorder cette faveur, et la remplaça par un somptueux appartement, dont les dépenses s'élevèrent à plusieurs centaines de mille francs.

Plus tard, elle changea d'idées à ce sujet, parce qu'il ne s'agissait plus alors que *d'en vendre une partie*, et que la portion de bâtiments occupée par elle et sa famille n'était pas comprise dans la vente.

D'ailleurs, un projet de mariage pour l'une de ses nièces occupait tout son esprit.

En effet, dans le mois d'août suivant, ce même palais fut témoin de la célébration du mariage de M. le marquis de Chabannes avec mademoiselle Dawes qu'elle fit doter *d'un million de francs* par le Prince.

Le père de Mathilde qui résidait en Angleterre, dans l'île de Wight, ne voulant pas faire le voyage, avait, par acte du 31 mai, donné pouvoir à sa sœur, *madame le baronne de Feuchères* et à son fils James de le représenter à ce mariage.

Un vaste et magnifique appartement fut préparé pour les deux époux, par les soins et aux frais de S. A. R. ; mais sur le refus du mari d'y habiter, il fut donné quelque temps après à son frère, M. James Dawes qui fut également gratifié d'une somme de deux cent mille francs. Bientôt, il devint baron, et reçut de la munificence du duc de Bourbon la belle terre de Flassans, en Provence, précisément l'un des domaines que la famille de Rohan a apportés dans la maison de Condé.

Pendant plusieurs années, M. le colonel baron de Feuchères demeura persuadé de l'innocence des relations qu'il avait remarquées entre sa femme et

le Prince ; mais, par suite d'une violente querelle
survenue dans son ménage, il eut la douleur d'apprendre, de la bouche même de madame de Feuchères, qu'elle n'était point la fille de Monseigneur,
comme elle s'était plue à le lui faire croire jusqu'à
ce jour ; mais qu'elle en avait été la maîtresse.

Cette cruelle révélation amena une éclatante
rupture qui fut, pour ainsi dire, notifiée au public ;
et dans sa lettre d'adieux au duc de Bourbon, le
colonel disait :

" Je me considère dès ce moment comme ayant cessé de
faire partie de la Maison de Votre Altesse Royale, dans laquelle pour l'honneur et le repos de tous, je n'aurais jamais
dû entrer."

Madame de Feuchères, cédant un moment à
l'orage, crut devoir se retirer pendant quelque
temps du Palais-Bourbon ; mais elle y rentra
bientôt et ne fit aucune difficulté d'accepter le don
testamentaire de Saint-Leu et du domaine de
Boissy.

C'est à la suite de cet esclandre, qu'elle fit un
voyage aux eaux d'Aix, en Savoie, d'où elle écrivait au prince :

" Pendant que vous courez la chasse, *dearest*, je cours de
mon côté après les rois, les reines et les princes. Pour ces
derniers, vous savez que j'ai depuis longtemps un grand
faible.*"

* Mot souligné par madame de Feuchères.

Nous avons fait connaître quelques traits de la munificence vraiment royale que le duc de Bourbon se complaisait à répandre sur madame de Feuchères et sa famille.......... Nous allons voir maintenant quelle a été sa reconnaissance pour tant de bontés !..........

C'est à la seule logique des faits que nous demanderons l'explication du drame qui va se dérouler sous nos yeux.

Ce ne fut pas, sans doute, sans une émotion douloureuse que le Prince entendit le bruit lointain d'un trône qui s'écroulait ; et dire qu'il resta le témoin impassible de cette grande catastrophe, ce serait assurément tomber dans une grande erreur : seulement nous devons constater qu'il faut reconnaître des nuances successives dans sa situation morale depuis les événements de juillet jusqu'à sa mort.

S. A. R., recueillant dans cette circonstance le prix du bien qu'elle avait répandu autour d'elle, ne pouvait être préoccupée par le sentiment d'une inquiétude personnelle. Adorée de la population, nul danger n'était à redouter pour elle.

Souvent, sur le dos des lettres qui lui parvenaient, on lisait : "Vive le duc de Bourbon ! Il peut être tranquille ; il ne lui sera pas fait de mal !"

La puissance du lieutenant-général du royaume s'était révélée........ et Charles X s'acheminait vers la terre d'exil ; mais le Prince le savait au milieu de sa garde, et cette pensée le rassurait sur le sort de ce malheureux souverain !

La vie sociale reprenait son mouvement accoutumé, et tout annonçait que Louis-Philippe allait monter sur le trône.

Un fait qu'il ne s'agit pas de soumettre à des appréciations politiques, mais qu'il est impossible de contester, c'est que le duc de Bourbon adoptait comme une nécessité et comme seul espoir d'avenir le nouvel ordre de choses.

" Il s'en est plusieurs fois expliqué avec moi, dit M. de la Villegontier, et il m'a paru le faire sans réserve et sans hésitation. Ce fut lui, ajoutait-il, qui me traça la conduite que j'ai tenue à cette occasion."

Aussi, dans sa lettre d'adhésion du 7 août, fut-il rapide, explicite et sans embarras.

Toutefois une vive inquiétude était au fond de

son âme : Charles X, la fille de Louis XVI, la famille du duc de Berry, préoccupaient son esprit. C'était là le sujet unique de ses anxiétés.

Il disait à M. Bonnie, dix jours avant sa mort :

" Bonnie, nous n'avons plus que deux bonnes nouvelles à apprendre ; l'arrivée de Charles X à sa destination, et la certitude que sa santé n'est pas altérée : et alors nous pourrons reprendre nos habitudes.

Le 16 août, arrive la nouvelle de l'embarquement de Charles X ; le 20, la reine Amélie rend au Prince une très gracieuse visite ; et M. de la Villegontier qui en fut témoin, dit qu'il laissa voir plus d'expansion qu'à l'ordinaire et se montra gai et satisfait.

Les habitants de Saint-Leu, craignant quelque danger pour lui, avaient entouré son palais, et plusieurs personnes profitaient de cette circonstance pour calomnier la population et la montrer comme ennemie de son bienfaiteur.

Mais il put aisément se convaincre, par les témoignages d'amour et de respect dont, le 25 août, jour de sa fête, il se vit entouré, des sentiments qu'il inspirait ; aussi il disait à M. Bonnie :

" Eh bien ! l'on prétendait que les habitants se plaignaient de moi ; il paraît que cela n'est pas : on m'a donc trompé !"

On comprend la tranquillité que ces preuves d'attachement portaient dans son âme. Seulement, quand les musiciens firent entendre cet air : *Où peut-on être mieux qu'au sein de sa famille ?* touchante expression des sentiments de ceux qu'il comblait de ses bienfaits, un rapprochement traversa sa pensée, il se rappela les bannis et fit entendre cette exclamation si digne de son excellent cœur : Quelle fête ! Ah ! quelle fête !"

" S. A. R., *dit M. le Duc, adjoint du maire de Saint-Leu*, accueillit les autorités avec une bonté toute particulière, *et rien n'annonçait chez elle la moindre préoccupation d'esprit.*"

Nous voici arrivés au **26 août** : c'est cette fatale journée qui doit surtout être l'objet d'un examen attentif.

Elle commença par une *vive explication* avec madame de Feuchères ; et nous nous empressons de faire remarquer qu'une scène avec elle n'était pas pour le Prince chose bien nouvelle, qu'il devait en avoir l'habitude, et que, s'il y avait là un motif de plus pour hâter le départ qu'il projetait, on ne saurait y trouver la cause de l'événement qui va nous contrister. M. le comte de Cossé

AA

vient à Saint-Leu, le 26, dans le but de solliciter de Monseigneur qu'il daignât accorder sa protection aux personnes, qu'en sa qualité de grand-maître il avait fait placer dans le service du roi: il s'agissait de secours et de pensions, et nullement d'une mission politique, comme l'explique M. de la Villegontier, en réponse aux insinuations que l'on avait fait circuler. Il faut consulter, sur la réception et sur la journée, M. le comte de Cossé lui-même. Il fut reçu avec affabilité, et le prince l'engagea à rester quelques jours à Saint-Leu, puis à y coucher *au moins une nuit,* et, sur le désir témoigné par celui-ci de retourner à Paris le jour même, il l'invita à dîner.

Il nous est impossible de concilier cette invitation faite à M. de Cossé, de coucher *au moins une nuit* à Saint-Leu, avec l'idée du funeste dessein qu'on lui suppose.

Bientôt on se rendit dans la salle à manger où, selon M. de Cossé, tout se passa comme à l'ordinaire. Aussi madame la comtesse de Choulot, née Chabannes, et l'alliée de madame de Feuchères, dit-elle :

" *Le Prince était le 26 août dans une parfaite tranquillité d'esprit.* Il est faux qu'il se soit levé de table."

Pendant le repas, M. de Cossé avait retracé, en

les blâmant, plusieurs caricatures dont Charles X était le sujet. Mais S. A. R. qui n'aimait pas qu'on parlât politique, et guidée en cela par un sentiment qui l'honore, changea la conversation, et dîna très bien.

Au salon, elle se fit lire un article de journal et fut d'une grande gaîté. A neuf heures, elle reconduisit jusqu'au vestibule M. de Cossé qui retournait à Paris.

En rentrant, elle fit apporter une table de jeu. Nous ferons remarquer que depuis les événements de juillet on ne jouait pas au château ; c'était le troisième jour que l'habitude en avait été reprise. La partie dura jusqu'à onze heures et demie ; en se retirant le Prince salua très affectueusement toutes les personnes qui l'entouraient.

Il avait perdu onze fiches ; il ne les paya pas et se contenta de dire : " *à demain.*"

Il monta et rien ne s'explique mieux qu'un signe bienveillant qu'il adressa, dit-on, à ses gens.

Dès le 24 au soir, M. de Choulot avait reçu, à Chantilly, un courrier qui l'appelait à Saint-Leu pour le 27, dix heures du matin.

Dans la matinée du 26, par suite sans doute de la scène pénible qui s'était passée entre lui et la Baronne, il avait donné l'ordre à Manoury d'envoyer à Chantilly un nouveau courrier pour faire

venir cet officier à huit heures, au lieu de dix.
Du reste, le plus profond mystère existait sur cet
ordre......................................

Oui, il partait le lendemain, 27, peut-être à l'insu
de sa maison, et dès lors se comprend le signe
d'adieu. Le malheureux Prince se trompait de
voyage !..................................

Ecoutons la déposition de M. de Belzunce :

" Puisque j'écarte l'idée du suicide, dit-il, je
dois admettre un horrible complot ; et puisque
aucune contusion ne se remarquait, ainsi que je
l'ai observé, il ne peut pas avoir péri dans le lieu,
ni dans la position où on l'a trouvé."

Non, les témoins de la journée du 26, M. de
la Villegontier, M. et Madame de Préjean, M. le
comte de Cossé, M. de Belzunce ne croient pas
au suicide ; et l'on verra bientôt jusqu'à quel point
il est impossible d'y croire.

Le Prince est dans sa chambre ; il a près de lui
M. Bonnie, et Lecomte, son valet-de-chambre ; il
est calme. S'il ne parla pas pendant que son chirurgien l'a pansé, c'est que cela lui arrivait très
souvent.

Son valet-de-chambre lui demande à quelle heure il fallait se présenter le matin : " A huit heures," répond-il avec sa tranquillité ordinaire...

Il est seul maintenant, le malheureux vieillard !
.... Il échappe aux regards des hommes, et cependant il est permis à l'observation de le suivre encore longtemps............

Il portait toujours deux montres ; une de chasse qu'il remontait lui-même, et l'autre de ville qu'il laissait aux soins de son valet-de-chambre. Chose remarquable ! il a remonté sa montre de chasse. Après la retraite de M. Bonnie et de Lecomte, il a soufflé les deux bougies qu'on avait allumées entières sur sa cheminée, et s'est mis au lit. Elles n'ont brûlé qu'un peu plus d'une demi-heure, et non pas deux heures, comme on l'a prétendu.

Or, d'après la déposition de Mamoury, *on les a trouvées le matin 27, à peine usées d'un pouce chacune ;* ce qui suppose qu'elles ont été éteintes après trente-cinq ou quarante minutes.

Voici comment on a la certitude qu'il s'est couché. Il était atteint d'une hernie inguinale du côté gauche ; personne ne le savait que les valets-de-chambre et son chirurgien qui lui avait recommandé d'ôter le bandage tous les soirs. C'est ce qu'il a fait: le bandage a été trouvé dans le lit.

Le mouchoir portait aussi la preuve qu'il comptait sur un lendemain. Son Altesse avait l'habitude d'y faire un nœud lorsqu'elle voulait se rappeler quelque chose.

Il n'existe absolument dans rien de ce qui précède le présage de la découverte du lendemain.

A huit heures, Lecomte se présente à la porte du Prince, comme il en avait reçu l'ordre; le silence répond seul à sa voix. Il se retire dans sa chambre, où M. Bonnie vient le joindre pour le pansement accoutumé; deuxième tentative à la porte......; silence profond..........Ils descendent aussitôt chez madame de Feuchères, dont il faut étudier la conduite dans ce moment décisif.

Que va-t-elle faire? Elle prend à peine le temps de se couvrir; ce qui est très naturel: mais ce qui l'est moins, c'est qu'elle ne se dirige pas par l'escalier dérobé qui conduisait, non pas de son appartement, mais du corridor d'en bas au salon qui précède la chambre à coucher de S. A. R. Il était simple de faire ce qu'elle déclare avoir fait.

Elle a dit devant M. le Conseiller-rapporteur:

" Je présume que, dans l'état où j'étais, j'ai dû passer par l'escalier dérobé, qui était aussi celui du service."

Non, Madame, vous n'avez point passé par l'escalier dérobé pour monter ; vous n'avez pas pris ce chemin pour descendre : c'est un fait bien constaté.

" Madame de Feuchères est montée par le grand escalier avec moi et Lecomte, a dit M. Bonnie ; elle était entre nous deux. Elle me dit : *Si le prince ne répond pas, il faudra faire enfoncer la porte.*"

On est dans le salon d'attente, et tout le monde remarque que l'escalier dérobé est demeuré ouvert toute la nuit : il donne, non pas dans la chambre de madame de Feuchères, mais, ce qui est grave, dans le corridor d'en bas, accessible à tous par le vestibule, et qui permet d'arriver du parc et de la cour jusqu'à la porte de Son Altesse. Tout près de l'escalier, s'ouvre la chambre à coucher de madame de Feuchères.

Chacun est frappé de cette circonstance, que Manoury fait remarquer à Lecomte, en lui disant :

" Vous n'avez donc pas fermé le verrou." A quoi, Lecomte répond : Je l'ai cru fermé ; je n'y ai point fait attention."

Ce que nous constatons encore, c'est qu'après

l'ouverture de la chambre, madame de Feuchères n'a pas encore voulu fixer l'attention sur le fatal escalier dérobé en se retirant par cette route ; contre toute raison, elle a regagné son appartement par l'escalier d'honneur.

Ainsi un témoin, Jérôme Hippolyte, déclare qu'il a vu madame de Feuchères en descendre, après que la porte de la chambre a été enfoncée.

Il faut entrer dans la chambre mortuaire. Au premier aspect, il paraît aux témoins que le lit avait été arrangé par des mains étrangères aux habitudes intimes du Prince.

Il tenait à ce qu'il touchât le fond de l'alcôve, de manière cependant à ne point offenser la boiserie ; ce qui suppose une petite distance. " A un pouce près" dit Hippolyte Jérôme, qui le faisait souvent. La femme Bontemps, et Dubois, frotteur, qui l'ont fait dans la journée du 26, affirment que *ce jour-là* (ce jour-là précisément) *ils l'ont poussé comme à l'ordinaire.*

Eh bien ! l'on remarque qu'il est *à un pied et demi du fond de l'alcôve.*

La manière dont il était affaissé, l'empreinte qu'il avait conservée n'est pas moins remarquable.

Le Prince se plaçait dans son lit et dormait tellement sur le bord, que les valets-de-chambre

avaient peine à concevoir qu'il ne tombât pas dans
la nuit ; et même, pour prévenir les accidents qui
pouvaient résulter d'une semblable position, ils
avaient pris le parti de plier une couverture en
quatre pour exhausser le bord du côté de la chambre et ramener la plume de ce côté. De là résul-
tait que le devant était très affaissé, tandis que
vers le milieu on remarquait un renflement. Cette
habitude n'était pas connue de ceux qui ont refait
le lit après la consommation du crime ; ils ont si-
mulé avec les mains un enfoncement dans le milieu. Aussi Dupin s'est-il exprimé ainsi :

" Je l'ai vu, et je puis affirmer que son affaissement vers le milieu, et son éloignement du fond de
l'alcôve, étaient entièrement étrangers aux habitudes de Monseigneur."

Le lit présentait une place bien marquée et qui
n'était pas où le prince l'aurait laissée. L'opinion
de tous ceux qui sont entrés dans la chambre, a
été que cet enfoncement n'était pas tel qu'un homme de son âge et de sa corpulence l'aurait formé.

Ces renseignements sont renfermés dans la déposition de M. Rouen-Desmallets, ancien préfet,
dont voici l'extrait :

" Il allait souvent à Saint-Leu, où S. A. R.
l'invitait quelquefois à dîner. Quand il apprit sa

mort, il fut aussi surpris qu'affligé ; il se rendit au château.

" Dans l'ignorance où il est de son genre de mort, il lui paraissait difficile que le Prince eût pu se pendre dans cette position ; il dit à sa femme et à ses enfants, que s'il ne s'était pas assuré par lui-même qu'il était impossible de pénétrer dans sa chambre, autrement que par la porte qu'il ouvrait et fermait lui-même, il ne pourrait croire au suicide, quoiqu'il n'eût aucune idée, aucun soupçon sur qui que ce fût. Ce qui le confirmait dans cette pensée, c'était le peu de désordre qui régnait dans le lit, et la faible et très légère pression que le corps du Prince paraissait y avoir laissée. Cette pression était celle qu'y eût faite *une main fortement appuyée,* ou une jeune personne de douze à quinze ans qu'on y aurait déposée un instant. La couverture était relevée très proprement, comme si l'on eût voulu le bassiner ; mais les bords n'étaient presque point affaissés."

Il a paru à Manoury que le lit avait été plutôt arrangé que défait.

Nous devons aussi signaler une circonstance fort grave :

Le Prince avait les pieds sensibles et qui s'enflaient vers la fin de la journée ; pour n'avoir point à les comprimer par des pantoufles, il avait fait

mettre une semelle de cuir dans son pantalon à
pied, et l'on conçoit que, marchant sur un bon tapis, il pouvait fort bien ne pas en faire usage.
Cependant, on les mettait tous les soirs à sa portée;
mais on les retrouvait aussi tous les matins à la
même place.

M. Bonnie fait observer qu'il les a toujours vues
auprès de la chaise sur laquelle il le pansait. Les
auteurs du crime, en réparant le désordre que sa
consommation avait amené, ont cru faire merveille,
en plaçant près du lit les pantoufles qu'ils ont
trouvées dans la chambre.

Voyons maintenant quelle était la position du
cadavre...... C'était celle de la suspension in-
complète; les orteils des deux pieds appuyant
fortement à terre, les genoux légèrement ployés.
Une des personnes présentes ayant essayé de passer la main sous les pieds, et même sous les talons,
ne put y parvenir. Du reste, le corps était dans
la ligne de sustentation ; le centre de gravité n'était
pas perdu; le nœud qui le touchait immédiatement n'était point un nœud coulant: le mouchoir
ne formait point anneau autour du cou, mais une
anse sur laquelle portaient les angles de la mâ-
choire ; en telle sorte que le Prince aurait pu
jusqu'au dernier moment échapper à la mort en

s'appuyant sur la croisée qui était à sa portée, ou même en se redressant sur ses pieds.

Il est bien rare qu'avant de se donner la mort, l'homme qui s'abandonne à cette fatale résolution ne prenne pas le soin de mettre à l'abri d'un soupçon dangereux tous ceux qui reposent sous le même toit que lui. Pourquoi cette cruelle compromission de l'innocence ?.... Le suicide n'a-t-il pas assez de l'action qu'il va commettre ?.....L'avenir ne promet-il pas assez de reproches à sa mémoire ? ....Ne voit-on pas que plus on parle de la tendresse qu'on inspirait encore au Prince, mieux on démontre que, s'il s'était donné la mort, il aurait éprouvé le besoin de laisser dans un écrit sain, entier, et mis en évidence, cette parole que rien ne remplace : " J'ai disposé de moi ; que l'on n'inquiète personne : " cette parole cependant ne s'est trouvée nulle part.

Pourquoi donc l'hypothèse du suicide fut-elle la première adoptée ? .... Pourquoi a-t-elle, à leur insu même, exercé une triste influence sur les hommes de la meilleure foi du monde ?.. ....Nous en connaissons déjà la raison.

On comprenait qu'il avait toujours été possible d'obtenir de S. A. R. l'ouverture de sa porte ; la querelle du matin pouvait même devenir un prétexte ; aussi la difficulté ne venait pas de l'impos-

Etched by T.H. Jones.

S.A.R. LE PRINCE DE CONDÉ.

ATTACHÉ À SA FENÊTRE.

*sibilité d'entrer, mais de celle de sortir d'une chambre qui n'avait qu'une issue qui se trouvait fermée en dedans ! Un cadavre dans une chambre fermée en dedans ! Il y a suicide.**

C'est sous l'impression de cette circonstance, qui dominait toutes les consciences et qui ne permettait au soupçon ni de naître, ni surtout de se produire, que les opérations premières ont eu lieu.

L'information s'est ouverte par le procès-verbal de M. le maire de Saint-Leu, qui suppose chez S. A. R. l'habitude de mettre le verrou de sa chambre en se couchant, et voici comment Lecomte s'explique à ce sujet :

" C'est à tort que l'on m'a fait dire que le Prince avait l'habitude, en se couchant, de pousser le verrou ; pendant les trois ans que j'ai passés à son service, je ne l'ai peut-être pas trouvé vingt fois fermé ; souvent, il lui arrivait de le mettre dans la journée, mais non le soir."

Lorsque celui de l'escalier dérobé se trouvait fermé, la porte sur le corridor étant une porte de sûreté dont le valet-de-chambre emportait la clef, il pouvait reposer tranquille. Aussi, le 21 août, lorsque l'on vint à six heures du matin, lui annon-

---

* L'on ignorait probablement combien il est facile, au moyen d'un petit cordon un peu mince, de faire rentrer du dehors un verrou dans sa gache.

cer la visite de la reine Amélie, celle donnant sur le corridor une fois franchie, on parvint sans obstacle jusqu'au chevet du Prince, que l'on trouva profondément endormi.

Nous devons maintenant nous expliquer sur une circonstance dont on reconnaîtra aisément toute la gravité. Nous voulons parler d'une chaise que, dans la pensée de simuler un suicide, les auteurs de sa mort placèrent à portée de leur victime.

On l'a trouvée à côté de la croisée, et non pas dans l'embrasure : elle était à l'angle gauche.

Dans un plan que l'on a dressé, figurait une chaise ; mais de telle sorte, qu'elle se trouvait à la portée du Prince. François, valet-de-pied, à qui l'on a montré ce plan, a dit : " la chaise représentée ici était à une trop grande distance pour que l'on pût s'en servir," et M. Bonnie a appuyé cette déclaration, qui portait déjà son explication avec elle-même, en disant :

" Elle était dans l'endroit où on la mettait ordinairement, entre le bureau et l'embrasure ; à peu près à un pied du corps. Voulant m'assurer si tout secours était inutile, je l'ai dérangée avec mon pied ; *mais je déclare positivement qu'elle n'a pu servir au suicide présumé. Quand même il eût eu la libre disposition de ses mains pour s'accrocher à l'espagnolette, et qu'il eût pu monter sur cette*

*chaise, elle n'était pas placée de manière à lui
faciliter l'exécution d'un semblable projet.*

Aussi, Manoury, entré le premier, et qui a marché du lit, où il s'était d'abord dirigé, à la croisée, n'a-t-il rencontré aucun obstacle.

" Si, dit-il, il y avait eu une chaise, soit devant, soit à côté, je me serais nécessairement jeté dedans."

MM. Bonnie et Letellier, médecin à Saint-Leu, ont aussi rédigé un procès-verbal sous cette impression qu'il y avait suicide, et qu'il ne pouvait y avoir que suicide.

Le dernier, avec un sentiment de bonne foi et de vérité qui lui fait honneur, s'exprime en ces termes :

" *Si l'on avait pu présumer que la mort du
Prince pût être l'effet d'un crime, on aurait pris
toutes les précautions nécessaires ....; mais
personne n'avait de soupçon.*

Ainsi l'on agit sous l'action inévitable de cette puissante prévention. Voilà ce qu'il ne faut jamais oublier.

" Après avoir examiné scrupuleusement toutes les habitudes du corps, ont dit ces messieurs, nous avons reconnu que la mort était certaine. Le cadavre était froid, les membres supérieurs et inférieurs roides.

" D'où la mort a été certainement produite par la strangulation."

Conséquence inattendue et qui ne se trouve pas justifiée par les faits qu'ils viennent de constater.

" D'après la position du corps, ajoutent-ils, et des objets qui l'environnaient, il est très probable que Son Altesse, après s'être couchée, s'est relevée, qu'elle s'est attaché les mouchoirs très serrés, qu'elle aura ensuite monté sur la chaise et l'a repoussée."

Que penser de cette hypothèse, aujourd'hui qu'il est constant que la chaise n'était pas à portée, et que le Prince ne pouvait pas s'en servir ?

M. le procureur du roi près le tribunal de Pontoise survient vers trois heures ; il est accompagné de MM. Godard et Deslions. Ces deux médecins rédigent un procès-verbal dans lequel ils disent :

" Autour du cou se trouvait une cravate blanche formant deux tours ; à sa partie antérieure latérale et supérieure, il présentait une empreinte *sans ecchymose*, avec une dépression plus prononcée vers la partie latérale gauche, où était placé le nœud de la cravate.

" La langue, d'une couleur violacée, sortait à peine de la bouche.

" Les deux jambes, à leur partie antérieure, présentaient de longues excoriations récentes.

Du sang s'écoulait du canal de l'urêtre.

L'état extérieur du corps, dans la partie antérieure que nous avons seulement examinée, ne
présentait rien autre chose de remarquable.

" Le côté droit, sur lequel reposait le Prince
(que ces médecins n'ont pu voir que sur le lit),
présentait la lividité cadavérique qui arrive nécessairement après la mort vers les parties les plus
déclives du corps.

" En conséquence, nous pensons qu'il a PRO-
BABLEMENT (remarquez l'expression) *succombé
à une asphyxie par strangulation ;* mais que
l'ouverture du corps est nécessaire pour déterminer
d'une manière précise la cause de la mort."

Comme on le voit, ces deux médecins n'ont
donné aucun avis formel sur la cause de la strangulation, et se sont bornés à conclure qu'il *avait
probablement succombé à une asphyxie par strangulation.* " Lorsque des médecins experts se bor-
nent à des conclusions aussi peu précises, aussi
réservées, a dit M. Gendrin dans une savante
*Consultation sur les circonstances et les causes de
la mort violente du Prince de Condé,* il faut reconnaître qu'ils ne trouvent point dans les circonstances observées sur le corps, et qu'ils ont bien
constatées, des motifs plausibles pour se prononcer
formellement."

C C

Dans l'un des écrits du Prince de Condé, on lisait cette prière touchante : *" Je demande à être enterré à Vincennes, près de mon infortuné fils !*

Cette pensée qui, depuis 1804, fut celle de toute sa vie, le père du duc d'Enghien la mêle à des adieux au moment d'exécuter un projet dont il ne peut pas prévoir les suites ; eh quoi ! la piété même de ce dernier vœu ne venait-elle pas protester avec énergie contre l'interprétation qui fut un moment admise ?........ Le suicide, qui n'a plus d'espoir que dans le néant, ne se préoccupe guère de la religion du tombeau ; et comment veut-on d'ailleurs que le duc de Bourbon ait osé, dans un pareil moment, fixer la pensée sur son fils ? .... Constristant des mânes héroïques et préparant lui-même de redoutables contrastes, aurait-il donc voulu renfermer dans la même sépulture et celui qui se montra si digne d'un illustre nom, et celui qui voulait en devenir l'éternelle ignominie !!!............

Le Prince se donner la mort ! Mais, comme Louis XIV, le duc de Bourbon redoutait le trépas ; Condé, il le provoquait sur le champ de bataille ; homme, et loin des périls de la guerre, il ne pou-

vait pas même en soutenir la pensée ; un noble
sentiment l'attachait d'ailleurs à la vie. Manoury,
le 20 août, entretenait son Altesse Royale de la
vénération qu'elle inspirait, et la félicitait de n'avoir
pas quitté la France. Monseigneur lui répondit,
en lui serrant le bras avec force :

" Est-ce donc pour moi que je pourrais avoir des inquiétudes ? Agé de soixante-quinze ans, je suis sur le bord de
ma tombe ; mais que deviendraient les personnes qui m'entourent ?" . . . . . .

" Le Prince ne jouissait que du bonheur de
faire des heureux ; un de ses gens était-il ma_
lade, il s'informait avec bonté de sa situation. On
n'a pas l'idée des bienfaits qu'il répandait, c'était
immense, et il demandait toujours le secret : *Un
bienfait connu*, disait-il, *n'a plus de valeur*."

Il s'agissait de l'arrestation de M. de Polignac,
et l'on agitait cette question dans le salon du duc
de Bourbon : " Le ministre, tombé entre les mains
de la révolution victorieuse, devait-il échapper en
se donnant la mort ?" M. Hostein semblait pencher
pour l'affirmative.

Le Prince répondit :

" Est-ce bien vous qui osez tenir un pareil langage !
prenez, M. Hostein, qu'un homme d'honneur ne se donne
jamais la mort ; il n'y a qu'un lâche qui puisse le faire.
Quel exemple pour la société ! Je ne vous parlerai pas

comme chrétien, quoique j'eusse dû commencer par là ; vous savez qu'aux yeux de la religion le plus énorme des crimes est le suicide ; et comment se présenter devant Dieu quand on n'a pas eu le temps de se repentir ?"

C'est ainsi qu'il s'exprimait le 12 août 1830, et l'on veut que le 26, quatorze jours après, abdiquant les opinions de toute sa vie, il ait cédé, lui Condé, à cette lâche et coupable impulsion ! L'on veut que, mettant en oubli une réflexion remplie de justesse, et que si récemment il exprimait avec tant de dignité, il ait voulu donner à la société un si dangereux exemple; qu'il ait voulu léguer à l'histoire un pareil souvenir, lui prince du sang, placé sur les marches du trône, et qui sait si bien qu'il nous doit l'exemple à tous ! Il manifeste hautement cette pensée pleine de terreur : *" Comment se présenter devant Dieu, quand on n'a pas eu le temps de se repentir !"* Et l'on ne reconnaîtrait pas qu'il y a dans ce cri d'une conscience éclairée toute une défense anticipée. Oui, Prince, c'est par vous-même que votre mémoire est défendue; ces belles paroles que vous prononciez, le 14 août, seront un jour gravées par un ami sur votre tombeau pour y protéger votre nom de leur invincible puissance !

Oui, la supposition du suicide, inadmissible dans l'ordre moral, est réfutée dans l'ordre physique par son impossibilité même.

Il a été constaté que le corps du Prince était suspendu à l'attache d'en haut de l'espagnolette du volet intérieur de la croisée, du côté nord de la chambre, et que le point d'attache était à la distance de six pieds quatre pouces de hauteur du sol de l'appartement. Ce n'était donc qu'en levant le bras fort au-dessus de sa tête qu'un homme, même d'une taille élevée, pouvait attacher le lien suspenseur à l'agraffe de l'espagnolette.

Pour tout le monde, et notamment pour le Prince, qui ne pouvait, par suite d'une blessure, élever la main à la hauteur de sa tête, la présence d'une chaise mise à portée était une condition indispensable d'exécution. Or, il a été prouvé que la chaise placée, non pas dans l'embrasure, mais à l'angle extérieur de la croisée, ne pouvait servir en aucune manière à la consommation du suicide. La chaise étant manifestement trop éloignée de lui, pour qu'il ait pu arranger de là les liens suspenseurs, on a dit qu'en s'élançant, il l'avait repoussée et qu'elle s'était ainsi un peu éloignée de lui. Elle aurait pu, en effet, glisser sur un parquet ciré, mais il est probable que sur un tapis épais, elle se serait renversée.

Et, d'ailleurs, en supposant qu'elle eût été à sa portée, ce serait une grande question de savoir s'il aurait pu y monter, sans le secours de personne.

Sa correspondance, depuis plusieurs années, attestait sur ce point, son infirmité.

Dans une de ses lettres, on voit que dès 1825, aux solennités de Reims, il considérait comme une sorte de miracle d'avoir pu escalader sans canne les marches escarpées du trône. Manoury affirme que Monseigneur ne pouvait monter les marches du grand escalier qu'avec infiniment de peine; qu'il posait lentement les pieds l'un après l'autre sur chaque marche et s'appuyait sur sa canne.

L'arrangement des liens suspenseurs était pour le Prince une difficulté insurmontable.

Il n'est pas dans nos habitudes de persiffler la grandeur ; nous payons sans regret un tribut de respect à des distinctions que nous considérons comme les conditions de la vie sociale, et cependant il nous est impossible de ne pas faire observer que les hommes d'une si haute origine sont condamnés, par l'éclat même de leur naissance, à une maladresse que, pour exprimer notre pensée, nous appellerons *princière*. L'adresse est le fruit des rapports continus de l'homme avec les objets extérieurs; là, il est comme enseigné par la nécessité, quelquefois par la douleur ; mais le Prince doit s'en remettre à d'autres d'une foule de soins dont il n'aurait pas pu s'acquitter sans se façonner à la vie.

Ce fut le malheur du voyage de Varennes :

élevés à l'ombre des palais, les illustres fugitifs ne
surent ni préparer le voyage, ni voyager, ni dans
le moment suprême prendre conseil de la position
et du danger.

On sait quels furent les embarras et les anxiétés
de la royale carmélite (Madame de la Vallière)
tombée des splendeurs de Versailles dans une
cellule. Une seule princesse s'est montrée fort
industrieuse, c'est la fille de Louis XVI ; mais c'est
que l'infortunée rapportait aux Tuileries l'éducation de la tour du Temple !

Il était notoire que le Prince de Condé, servi
avec empressement depuis son enfance, était d'une
maladresse remarquable pour une foule de petits
soins que tant de gens se trouvaient heureux de
prendre pour lui.

Voici ce que dit Obry :

" J'étais à Saint-Leu.... malade.... Je n'ai
pu voir Monseigneur ni suspendu à la croisée, ni
même dans son lit. Mes camarades m'ayant indiqué la situation dans laquelle il avait été trouvé,
je n'ai pu m'empêcher de m'écrier *qu'il était impossible* qu'il eût fait les nœuds des mouchoirs.
J'affirme que dans le courant de septembre 1829,
le Prince ayant été à la chasse aux canards
à Chantilly, et Panier qui l'accompagnait ordinairement, ne se trouvant pas là, il me désigna

pour l'accompagner au hameau ; c'est moi qui portai le fusil.

" Mais comme il ne voulait pas être aperçu, il n'avait chargé de prendre les derrières du château d'Enghien pour le rejoindre au hameau. *La corde du va-et-vient (petit bateau) étant cassée, je priai Monseigneur d'y faire un nœud ; il l'essaya trois ou quatre fois, mais sans succès ; et quoique j'eusse pris la liberté de lui indiquer la manière, il ne put jamais en venir à bout ; le nœud qu'il faisait coulait toujours. Je fus obligé de tirer la barque avec une perche pour le passer de l'autre côté. Il m'a été bien démontré que Son Altesse ne pouvait faire un nœud solide.*

Ainsi, se consumant en efforts pour renouer les cordons de ses souliers, il appela un de ses serviteurs et fit l'aveu de sa maladresse.

" *C'est que je suis maladroit,*" lui dit il. Comme s'il fallait que l'impossibilité physique fût constatée par le Prince, comme l'impossibilité morale l'était tout-à-l'heure par l'expression de ses sentiments.

Au surplus, il avait une noble excuse.

En 1793, il reçut à la main droite un coup de sabre qui lui coupa les tendons de trois doigts. Quoique parfaitement guéri, a dit M. de Quesnay, il lui aurait été impossible de faire les nœuds.

Il avait d'ailleurs la clavicule de l'épaule gauche cassée et ne pouvait élever le bras au niveau de sa tête. Il ne lui était donc pas possible de former les nœuds, surtout celui du premier mouchoir.

C'est par la méditation de ces faits que l'esprit se trouve inévitablement conduit à la pensée que le Prince a péri victime d'un lâche assassinat.

Ainsi donc, s'agit-il de ses sentiments?...... Tout ce que nous connaissons de lui démontre qu'il aurait toujours reculé à l'idée de paraître devant Dieu, souillé du crime du suicide. S'agit-il des possibilités physiques, de son adresse?...... On a pu l'apprécier.

Nous sommes donc insensiblement amenés à la marche que nous suivons et que nous suivrons avec persévérance.

Le 14 août, le Prince condamne le suicide avec toute la noblesse et toute l'énergie de sa conscience. Rassuré sur le sort de Charles X, il rentre dans le calme habituel de sa vie, et des tables de jeu reparaissent dans son salon. — Réception gracieuse faite à M. de Cossé qu'il veut retenir *au moins pendant une nuit*, le 26, *précisément la fatale nuit*.—Tant de présence d'esprit et tant de critique à la partie de Wisk. — A demain, pour le paiement des onze fiches qu'il a perdues.—Cette montre remontée, qui nous dit qu'il voulait un avenir. —

Ce mouchoir noué, preuve muette qu'il avait un projet. — M. de Choulot demandé pour le 27, dix heures du matin. — Puis, par un autre courrier parti dans la matinée, ordre à cet officier d'avancer son arrivée de deux heures. — M. de Choulot demandé pour toute autre chose apparemment que pour assister à la levée d'un cadavre ; — et puis, lorsqu'il s'agit d'un homme si positif, pas une ligne, pas un mot, pour écarter le soupçon des objets de sa bienveillante protection !...... Quoi ! celui qui s'occupait avec tant de sollicitude de l'avenir de ses officiers et du sort de ses serviteurs, va les livrer à de cruelles préventions, à d'affreux malheurs, la prison, la honte l'échafaud !...... pas une ligne, pas un mot !............

Circonstance bien autrement dominatrice : une vieillesse impuissante à l'action que l'on suppose.— Du reste, dans le temps où l'on veut qu'il ait été livré à de si funestes pensées, toutes ses actions sont remplies de calme et d'avenir...... Enfin, à part quelques opinions peu nombreuses, on entend retentir au milieu de tous ceux qui l'ont connu un cri d'horreur et de conviction.

Tel est l'exposé des données générales de la catastrophe du 26 août. En présence de faits si irrécusables, notre opinion est arrêtée sur l'assassinat du Prince de Condé ; mais nous poursuivrons,

et nos recherches nous conduiront à des inductions
encore plus précises.

UN MOT DE LECOMTE.

Le Prince n'existait plus; il était exposé dans
une chapelle ardente; il était là, le visage découvert, environné d'une pompe religieuse et guer-
rière; et l'on sait que de tout temps le corps de la
victime a su provoquer le remords. Lecomte ne
sait pas soutenir la vue de son maître assassiné, et
il laisse échapper du fond de son âme ce cri recueilli par un de ses camarades : " *J'ai un poids
sur le cœur, ou j'en ai gros sur le cœur !*"

Manoury qui l'entend lui représente qu'il est de
son devoir de dire tout ce qu'il sait.

Lecomte se tait; et c'est à quelques jours de
là, lorsqu'il a pu comprendre, lorsqu'on a pu lui
faire comprendre les dangers de cette imprudente
manifestation, qu'il donne à ses camarades la plus
déplorable, la plus inadmissible explication de ces

mots significatifs : " *J'ai un poids sur le cœur*, ou *j'en ai gros sur le cœur !*"

Oui, il en a gros sur le cœur, *parce que madame de Feuchères lui a fait perdre son établissement en le plaçant auprès du Prince* ; qu'il est lié par un traité avec son successeur pour ne plus reprendre son état de coiffeur à Paris.

Cette explication a été rejetée par ses camarades, comme elle le sera par tout homme de sens. Et ce qu'il y a de plus fâcheux, c'est que, devant la justice, il a pris le parti véritablement désespéré de nier ce propos attesté par deux témoins.

Que déclare-t-il devant la justice ?......Après avoir dit :

" *Je ne conteste pas que j'aie un poids sur le cœur* ;" après avoir ajouté : " Je suis trop affligé de la mort du Prince et des suites qu'elle a eues pour moi, pour ne pas avoir effectivement un poids sur le cœur," il s'exprime ainsi : " Mais je nie avoir tenu ce propos, et je repousse les interprétations que l'on pourrait y donner."

Ainsi, Lecomte rappelle l'inadmissible explication, puis il tombe dans une dénégation qui ne prévaudra pas contre la déclaration si positive de Dupin et Manoury.

L'ESCALIER DÉROBÉ.

Il est constant que madame de Feuchères est montée par le grand escalier ; c'est aussi par là qu'elle est descendue. Nous avons dit pourquoi.

On se rappelle que, dès la triste matinée du 27, Manoury fit remarquer à Lecomte qu'il n'avait pas fermé le verrou de l'escalier dérobé le soir du 26, puisque le lendemain matin, il se trouvait tiré. A quoi il répondit : " *Je l'ai cru fermé, je n'y ai pas fait attention.* "

Et voilà que devant M. le Conseiller-rapporteur, il fait une déposition à jamais inconciliable avec cette réponse : " qu'étant allé avec M. Bonnie prévenir madame de Feuchères que le Prince ne répondait pas, elle lui dit : " Peut-être pourrai-je passer par mon petit escalier."

Qu'ils montèrent alors par le grand, et qu'étant arrivés dans le cabinet de toilette, ils entendirent frapper à la porte de l'escalier dérobé, et que lui, Lecomte, ouvrit à madame de Feuchères.

C'est lui qui a tiré le verrou pour l'introduire, et ce n'est pas cela qu'il répond à Manoury, qui l'interroge; il ne dit pas: " *Je l'avais fermé hier soir, mais je viens de l'ouvrir à madame la Baronne.*"

Il y a mieux; cet escalier dérobé devient la perte de Lecomte.

— Le 26 au soir, lui dit M. le Conseiller-instructeur, vous êtes-vous assuré que cette porte fût fermée au verrou?

— Non, Monsieur. Si j'avais su que cette porte pût communiquer à d'autres pièces, ou au vestibule commun, je n'aurais pas manqué de m'en assurer tous les soirs. Mes camarades, plus anciens que moi, m'en devaient faire l'observation.

Ainsi, Lecomte, qui depuis trois ans est au service de Son Altesse, qui pendant trois saisons a rempli les fonctions de valet-de-chambre, il ne sait pas ce que l'on ne pouvait ignorer quand on avait passé vingt-quatre heures dans cette résidence. Il ne sait pas que l'escalier dérobé conduit à un corridor et qu'il ramène au vestibule; que cette porte peut donner accès à cinq ou six personnes, qui, indépendamment de madame de Feuchères, habitent cette partie du château, et que, par cette route, on peut arriver de la cour et du parc jusqu'à la porte de Son Altesse............ lui, valet-de-chambre, il ne le sait pas............

La déclaration si positive de M. Bonnie, le procès-verbal fait, pour ainsi dire, sous sa dictée, et qui constate que madame de Feuchères est montée avec tout le monde, sans indication de l'escalier dérobé ; celle de Dubois qui l'a vue descendre par le grand escalier, tout confond la version de Lecomte.

La plus cruelle, la plus puissante impression que nous ayions reçue dans cette affaire, celle qui a le plus contribué à former notre conviction, est ressortie d'une circonstance que nous devons signaler.

Le 22 août, quatre jours avant la catastrophe, le Prince dit à Manoury : *" Couchez dans mon salon d'attente ; couchez à la porte de ma chambre."*

Il fit observer que cela pourrait paraître étrange aux autres domestiques ; qu'il fallait donner cet ordre à Lecomte, valet-de-chambre de service ; mais il répondit vivement :

" Oh non ! il n'y a qu'à laisser cela.

" C'est, dit Manoury, le dimanche qui a précédé sa mort, que Monseigneur m'a fait cette proposition."

Voilà comment il jugeait sa position !......

On n'a pas craint d'insinuer qu'il voulait par là se défendre contre le penchant qui l'entraînait au suicide, comme si, dans cette hypothèse, il eût suffi de placer le surveillant dans un salon où il pouvait le défendre contre les entreprises des autres, sans pouvoir le sauver de lui-même.

Un témoin qui ne croit pas au suicide, un témoin qui déclare que, dans son opinion, le Prince est mort assassiné, M. le comte de la Villegontier dit que, dans une supposition d'ailleurs inadmissible à ses yeux, un genre de mort, dont la seule pensée révolte, pouvait être adopté. L'épée n'était pas sûre, a-t-on dit ; et quant au fusil, il était trop maladroit pour s'en servir contre lui-même.

Nous sommes bien éloignés de partager cette opinion isolée. Eh ! quoi, l'on peut douter de la fidélité d'un glaive dont la pointe est placée sur le cœur ? Quoi ! l'homme qui par toutes les journées de sa vie, s'est rendu familier l'usage des armes à feu, ne saura pas au moyen d'une canne ou de l'agencement facile d'un cordon, presser la détente du fusil dont il aura dirigé le canon vers sa tête ou sa poitrine !

A part la question morale, ces idées pouvaient s'offrir à l'esprit d'un Condé, mais *non pas celle empruntée du gibet ;* et puis cette maladresse qui est si bien établie, ne se retrouvait-elle pas, et bien autrement embarrassante, dans l'arrangement des liens suspenseurs !

MADAME DE FEUCHERES. — CORRES-PONDANCE.

Depuis 1822, madame de Feuchères, qui avait été exclue de la Cour par un ordre de Louis XVIII, s'était trouvée conduite à la pensée de se rapprocher de la Maison d'Orléans, et de s'assurer son appui.

On sait qu'elle avait marié sa nièce à M. le marquis de Chabannes qui s'était toujours indigné de la position fausse dans laquelle sa tante se trouvait placée :

« Je souffre beaucoup, disait-il dans une lettre adressée à M. le duc de Bourbon, *de la position fausse dedans laquelle se trouve ma tante vis-à-vis de la Cour et du monde.* »

Madame de Feuchères sentait donc le besoin de s'appuyer sur un protecteur actif et puissant.

E - E

A cette époque, et depuis longtemps, des journaux avaient indiqué ce qu'il était permis de considérer comme la pensée du Palais-Royal.

C'est dans cette situation de choses, qu'elle écrivit à madame la duchesse d'Orléans une lettre à laquelle S. A. R. a répondu le 10 août 1827.

" Je veux vous témoigner *moi-même* combien je suis touchée du désir que vous m'exprimez si positivement de voir mon fils le duc d'Aumale adopté par M. le Duc de Bourbon . . . . Puisque vous avez cru devoir m'en entretenir directement, je crois devoir à mon tour ne pas vous laisser ignorer combien mon cœur maternel serait satisfait de voir perpétuer dans mon fils, ce beau nom de Condé, si justement célèbre dans les fastes de notre maison et dans ceux de la Monarchie française.

" Je suis bien sensible, Madame, à ce que vous me dites de votre sollicitude, d'amener ce résultat que vous envisagez comme devant remplir les vœux de M. le Duc de Bourbon. Je vous assure que je ne l'oublierai jamais, et croyez que si j'ai le bonheur que mon fils devienne son fils adoptif, vous trouverez en nous dans tous les temps et dans toutes les circonstances, pour vous et pour les vôtres, cet appui que vous voulez bien me demander, et dont la reconnaissance d'une mère doit vous être un sûr garant."

Nous devons faire remarquer que, si madame la duchesse d'Orléans rappelle l'opinion de madame de Feuchères sur le rapport qu'elle trouve entre le projet annoncé et les sentiments de Mgr le Duc de Bourbon, madame la Duchesse ne dit pas qu'elle partage à cet égard l'opinion de la Baronne, à laquelle elle laisse au contraire tout le poids d'une manière de voir que rien ne justifie ...... *que vous envisagez comme devant remplir les veux de* Mgr *le duc de Bourbon.* Du reste, engagement formel envers madame de Feuchères, si l'adoption s'effectue; *appui dans tous les temps et dans toutes les circonstances ...... pour vous et pour tous les vôtres, cet appui que vous voulez bien me demander.*

Et l'on n'a pas craint de dire que madame de Feuchères n'avait pas besoin de patronage?..... que, sûre de l'amitié du Prince, elle n'avait besoin de l'appui de personne?...... Et l'on ne voit pas qu'opulente légataire d'un vieillard de 75 ans, elle comprend que demain, peut-être, ses relations, dont elle ne se dissimule pas la nature, peuvent devenir le texte d'un procès intenté par la famille! La maîtresse du Prince, qui devait bientôt se montrer riche d'un legs immense, avait le sentiment instinctif des vives réclamations que sa honteuse fortune soulèverait, et l'on comprend très bien qu'elle cherchait à épurer, à fortifier sa position.

Au surplus, elle ne se résigna pas à des preuves lointaines d'obligeance et d'affection, elle voulut recevoir à l'instant même le prix des services qu'elle promettait. Dans une autre lettre, elle annonçait à madame la duchesse d'Orléans le mariage de Mathilde Dawes avec M. le marquis de Chabannes, et réclamait pour les nouveaux époux, comme l'on en peut juger par la réponse de la princesse, des solennités inaccoutumées.

Voici la réponse de madame le duchesse d'Orléans :

" Je vous remercie, Madame, de la part que vous voulez bien me faire du mariage de votre nièce avec M. le Marquis de Chabannes. Je pense que le Roi et les princesses mes aînées (madame la Dauphine et madame la duchesse de Berry) recevront sa présentation avec tous les égards qui sont dus *à la famille dans laquelle elle va entrer ;* mais je dois vous faire observer que nous ne pouvons pas nous écarter des règles établies à la Cour pour les présentations. Nous ne pouvons les recevoir que de la même manière qu'elles ont été reçues par le roi, ou par la reine, lorsqu'il y a une reine, ou par madame la Dauphine, et par les princes et princesses qui nous précèdent dans l'ordre de primogéniture ; et il ne dépend pas de nous de choisir les dames par qui ces présentations nous sont faites. Croyez au moins, Madame, que les formes dont ma position me défend de m'éloigner ne changeront rien à tous les sentiments que je viens de vous exprimer, et dont je vous réitère, Madame, l'assurance bien vive et bien sincère.

"Toutes les fois que nous avons entendu parler de ce projet d'adoption, ce qui est arrivé plus souvent que nous n'aurions voulu, nous avons constamment témoigné, M. le duc d'Orléans et moi, que si M. le duc de Bourbon se déterminait à le réaliser, et que le Roi daignât l'approuver, nous serions très empressés de seconder ses vues. Mais nous avons cru devoir à M. le duc de Bourbon autant qu'à nous-mêmes, de nous en tenir là et de nous abstenir de toute démarche qui pourrait avoir l'apparence de provoquer son choix, ou de vouloir le presser. Nous avons senti que plus cette adoption pouvait présenter d'avantages pour celui de nos enfants qui en serait l'objet, plus nous devions observer à cet égard le respectueux silence dans lequel nous nous sommes renfermés jusqu'à présent. Les douloureux souvenirs dont vous me parlez et dont il est si naturel que notre bon oncle soit tourmenté sans cesse, sont pour nous un motif de plus de continuer à observer le silence, malgré la tentation que nous avons quelquefois épouvée de le rompre dans l'espoir de contribuer à les adoucir; mais nous avons cru mieux, de toutes les manières, de nous borner à attendre ce que son excellent cœur et l'amitié qu'il nous a constamment témoignée, ainsi qu'à nos enfants, pourraient lui inspirer à cet égard.'"

Si ce passage est l'expression fidèle du passé, ce ne fut pas la règle de l'avenir, et il est fâcheux d'avoir à rapprocher de cette belle expression de la conduite tenue jusque-là, les visites qu'il faut maintenant rappeler.

Dans une lettre datée par la maladie à laquelle madame la comtesse de Quesnay a succombé, c'est-à-dire dans une lettre du mois d'avril 1828, madame de Feuchères écrivait au duc de Bourbon, qui se trouvait alors à Chantilly :

" J'ai eu un moment de peur, *dearest*, en voyant arriver James de Chantilly . . . . . ."

James était le neveu de madame la Baronne, ou de ce premier mari dont on nous devrait l'histoire, et c'est lui qui était de garde auprès du Prince toutes les fois que la Baronne ne s'y trouvait pas.

" Mais il m'a bientôt assurée, ajoutait-elle, que vous vous portiez bien, ce qui m'a fait un vif plaisir. Je vous remercie, *dearest*, de votre bonne lettre d'avant-hier. *Il y a ici de nouveau qu'on m'annonce une visite royale pour midi et demi. J'attends M⁵ᵉ le duc d'Orléans ; nous allons bien parler de vous, dearest, je vous raconterai tout demain.*"

Que va donc faire M. le duc d'Orléans près de la Baronne au moment où l'on sait que M. le duc de Bourbon est à Chantilly ? Ce n'est pas son parent, cette fois, que Son Altesse Royale veut visiter. Non, c'est bien à Madame de Feuchères que s'adresse la visite, et cela, lorsque les projets de madame de Feuchères sont connus de la maison d'Orléans. Nous dira-t-on que le testament ne devait pas être le sujet de l'entretien ? . . . . . . As-

surément cela ne serait pas proposable ; et alors
que devient le principe si vrai qu'il faut attendre,
qu'il faut s'abstenir ?...... N'est-ce pas là au contraire agir, se concerter, exciter un zèle dont on
devrait tenir à honneur de s'isoler ?...... Voilà
comment les préceptes pâlissent et se décolorent,
ou ne restent que pour devenir l'inexorable censure
des actions et des faits.

Nous disons que l'on se concertait pour entraîner le duc de Bourbon dans une disposition testamentaire que l'on savait contraire à sa volonté, et
que l'on voulait obtenir par surprise et par terreur.
A la surprise s'attachent les moyens de dol, à la
terreur les moyens de violence. Nous disons que
l'on rencontre entre la date de la grande lettre
écrite par madame de Feuchères au Prince, et le
voyage qui devait devenir le prétexte d'une visite
au Palais-Bourbon, une coïncidence qui frappe
tous les esprits. Ce serait un grand hasard, si le
hasard s'y trouvait pour quelque chose, que dans
le vague et l'immensité du temps madame de Feuchères eût choisi, pour faire la première ouverture
du projet, précisément la veille d'un voyage qui
rendait une visite naturelle et nécessaire. Chose
remarquable encore ! au même instant, ce n'est pas
le lendemain, le même jour, madame de Feuchères
adresse au duc d'Orléans *une copie de la lettre qu'elle*

écrivait au duc de Bourbon, et cela sans le consulter et qui positivement le lui défendrait, ce qui ne rendrait plus possible une communication habilement combinée.

Ainsi le duc d'Orléans est instruit; se taira-t-il vis-à-vis du duc de Bourbon, comme le fit en 1827 madame la duchesse d'Orléans ?........ *Non.* Il écrit au futur testateur; et qu'est-ce que sa lettre exprime ? Une pensée que madame la duchesse a, dès 1827, pris le soin de condamner:
« *Nous avons cru devoir à M. le duc de Bourbon, au tant qu'à nous-mêmes, de nous abstenir de toute démarche qui pourrait avoir l'apparence de provoquer son choix ou de le presser.* » Il ne s'agit plus ici d'une vaine apparence, c'est l'expression d'un désir positif que M. le duc d'Orléans, prenant pour prétexte une démarche indiscrète, va directement faire entendre.

" J'ai cru vous devoir et devoir aussi à ce même sang qui coule dans nos veines, de vous témoigner combien je serais heureux de voir de nouveaux liens resserrer ceux qui nous unissent déjà de tant de manières, et combien je m'enorgueillirais qu'un de mes enfants fût destiné à porter un nom qui est si précieux à toute notre famille, et auquel se rattachent tant de gloire et tant de souvenirs." (Lettre du 2 mai 1829.)

Ce que M. le duc d'Orléans se devait à lui-même, c'était de s'abstenir d'exprimer un vœu qui, lorsque le duc de Bourbon ne s'était pas expliqué, n'était qu'un mouvement fâcheux qu'il est trop facile de caractériser, et qui portait une évidente atteinte à cette liberté parfaite dans laquelle un testateur doit toujours être laissé. Ce que le duc d'Orléans devait au duc de Bourbon, c'était de ne pas exprimer des désirs, des veux testamentaires. Le duc d'Orléans s'est condamné lui-même lorsqu'il a dit dans le commencement de la lettre suivante :

" Il ne m'appartient pas sans doute, dans une circonstance où il dépend de votre seule volonté de procurer un si grand avantage à l'un de mes enfans, de présumer ce qu'elle peut être avant que vous ne l'ayez fait connaître."

Comme on le voit, c'est madame de Feuchères qui a seule écrit, c'est elle seule qui a parlé, c'est elle seule qui est venue offrir à la maison d'Orléans l'héritage des Condé. Qu'aurait dit le premier prince du sang, si le duc de Bourbon, retrouvant une énergie sur laquelle on ne comptait pas, avait répondu : " *Je m'étonne de la communication que madame la baronne de Feuchères vous a donnée, je m'afflige de l'empressement que vous témoignez dans votre lettre ; attendez donc, comme vous le*

F F

dites si bien, que ma volonté se soit fait connaître ?
...... Certes, la lettre du duc de Bourbon eût
été convenable ;...... mais celle du duc d'Orléans ne l'était pas.

Quelques minutes après, autre courrier : deux
lettres : l'une pour madame de Feuchères, l'autre
pour M. le Prince de Condé, et que M. le duc
d'Orléans ne croit pouvoir adresser que par l'en-
tremise de la Baronne : S. A. R. va venir déjeûner
chez madame de Feuchères.

Mais pourquoi donc ce prince paraît-il au Palais-Bourbon presque aussitôt que la question
testamentaire a été soulevée ?....... Il est déjà
fort étrange qu'en écrivant, il ait placé le Duc de
Bourbon, qui n'avait assurément aucun projet,
dans la nécessité de lui répondre. Du moins, fallait-il attendre cette réponse, laisser au vieillard le
temps de réfléchir, ne fût-ce que quelques heures ;
mais non, la lettre de la Baronne, celle du duc
d'Orléans, les deux billets, la nécessité de l'entrevue, viennent frapper coup sur coup le vieux
Prince sans laisser de relâche à sa pensée.

Il faut que le Duc de Bourbon soit au déjeûner,
à présent, à l'instant même, et c'est une des circonstances où la violence n'a pas lieu de se montrer. Une scène ?.... Non.... ici les prières
sont seules admissibles. Mais que d'adresse pour

vaincre une résistance qui dit assez combien le Prince s'indignait à la seule pensée du testament proposé !

Comment ne pas relire ce billet si remarquable, monument irrécusable de ses répugnances, des tortures morales dans lesquelles il est enlacé, et qui atteste que la pensée du testament ne vient pas de lui, n'est pas adoptée par lui !......

" Vous m'avez reproché d'une manière *si dure* la démarche que j'ai faite auprès de monseigneur le duc d'Orléans, que je crois à présent de mon devoir de vous dire que S. A. R. doit venir *chez moi* ce matin, pour vous voir avant son départ pour l'Angleterre. Je vous en prie, ne me refusez pas de venir déjeûner avec moi comme à l'ordinaire. Cette visite vous sera beaucoup moins embarrassante de cette manière, et cela *vous évitera une réponse par écrit, ou de rien dire de positif* (mots soulignés par madame de Feuchères dans l'original), et si vous ne venez pas, cela va faire un bien mauvais effet. Si vous aimez mieux que je ne sois pas avec vous, alors Monseigneur irait chez vous."

Ainsi le Prince n'a pas la possibilité de se soustraire à la conférence testamentaire, que madame de Feuchères a su rendre inévitable ; on ne lui laisse que le choix des moyens.

On sait qu'il est au monde de ces hommes comme il s'en rencontre tant ; dont le bonheur est de tout concilier, et pour qui un *non* franc et positif est comme une chose impossible ; on compte

sur cette faiblesse que l'on connaît ; on ne croit
pas que le vieillard puisse sortir de la présence du
duc d'Orléans sans la promesse d'un legs univer-
sel. Il en sortit néanmoins, et c'est ici que se
présente une pénible réflexion.

On a répandu le bruit que M. le Duc de Bourbon, dans cette conférence du 2 mai, avait accueilli
l'idée d'une adoption, mais que pour se soustraire
à des soins embarrassants, il avait chargé le duc
d'Orléans de tout faire préparer : " Vous arran-
gerez cela."

Mais le fait n'est pas vrai, et c'est le Prince de
Condé qui va nous le dire. Voilà ce qu'il écrivait
le 20 août, quatre mois après, au duc d'Orléans :

" *L'affaire qui nous occupe, Monsieur, entamée à mon
insu, et un peu légèrement, par madame de Feuchères, et
dont elle s'est chargée de presser la conclusion auprès de
moi, m'est infiniment pénible ; vous avez déjà pu le remarquer.*

" Outre les souvenirs déchirants qu'elle me retrace, et
auxquels je ne puis habituer encore mes tristes idées, je vous
avoue que d'autres motifs ne me permettent pas de m'en occuper en ce moment."

Quoi ! il avait conclu, terminé au 2 mai 1829,
l'affaire dont il ne veut pas s'occuper au 20 août !
......comprend-on la témérité d'une pareille al-
légation ? ...... Le Prince ne veut pas être

tourmenté, harcelé, comme il l'est depuis quelque temps (depuis le 2 mai 1829), pour terminer une affaire qui se rattache à d'autres arrangements, et qu'il ne veut d'ailleurs conclure qu'avec toute la maturité et la réflexion dont elle est susceptible. Conciliez, conciliez ce langage avec la mission supposée du 2 mai !

L'incident qui se rattache à M. de Surval va nous offrir l'occasion de constater l'ascendant de madame de Feuchères et l'esprit dont la Baronne et son neveu étaient animés.

M. de Surval remplissait, depuis 1814, à Chantilly, l'emploi d'administrateur-général des domaines, qui depuis 1723 était dans sa famille. M. de Surval avait suivi le feu Prince dans l'émigration de 1815, et l'on peut dire qu'il était comme indiqué, par les services de ses pères et par les siens, à la confiance de Monseigneur pour le cas où la place de M. de Glatigny deviendrait vacante.

M. de Glatigny décéda au mois d'avril 1828, et, comme il était facile de le prévoir, le Prince jeta les yeux sur M. de Surval.

" Vous allez être nommé, dit Son Altesse au futur intendant-général ; mais je dois vous prévenir que cela ne peut cependant avoir lieu si vous ne vous mettez pas parfaitement avec madame de

Feuchères. Je tiens à avoir la paix et la tranquillité chez moi : j'ai déjà été assez tourmenté et je ne veux plus l'être."

M. de Surval a suivi les conseils du Prince, et madame de Feuchères s'est persuadé qu'elle était l'instrument principal d'une nomination dont l'origine se trouvait dans le choix, dans la volonté de Son Altesse. Il y a mieux, madame de Feuchères a pensé que la reconnaissance lui donnait un complice ; et c'est ce qu'exprime trop bien la naïve observation de James : " Oui, vous allez être nommé, *mais bien entendu que vous ferez tout ce que ma tante désirera.*" Il n'était pas, il ne pouvait pas être dans les intentions de M. de Surval de trahir une maison que ses pères avaient servie, de trahir un Prince qu'il chérissait comme tous ceux qui l'approchaient, et qui venait de l'élever à une importante fonction ; mais il fallait considérer la situation des choses. L'empire de madame de Feuchères était absolu ; le Prince, dit M. de Surval, en apprenant le propos de James, s'était contenté de répondre : " *Il faut passer là-dessus et dissimuler ; l'essentiel est de bien nous entendre.*" Et cette parole était mise en pratique, puisque, pour soustraire à cette femme impérieuse la connaissance des lettres de l'intendant-général, le Prince avait recommandé à M. de Surval de ne lui écrire à Chantilly que sous le couvert de l'inspecteur Obry.

L'avenir du Prince n'est plus le même. S'il résiste, un enfer au-dedans, on le verra; au-dehors, la puissante maison d'Orléans, aliénée, ennemie. Ne voyez-vous pas deux puissances redoutables qui l'attaquent à la fois; et puis quelle impression l'envoi du testament a dû causer! ...... quel irrévocable monument d'une infatigable persévérance!...... que d'inimitié cette persévérance promet, s'il arrive qu'elle ne triomphe pas! Il est des hommes qui, sur le champ de bataille, bravent la mort sans pâlir, et qui, placés en présence de leurs semblables, ne savent pas faire entendre un *non*, un *non* bien franc, bien positif; il est des hommes d'intrépidité et de conciliation tout à la fois, des héros qui se sacrifient et qui peuvent tout, si ce n'est tromper un espoir, déconcerter une attente et créer une inimitié. Ajoutons que les forces morales, comme les forces physiques, s'épuisent par la lutte et par la résistance. Brisé par la journée du 2 mai, le malheureux vieillard cèdera bientôt aux violences qui se chargent d'accomplir ce que la ruse a commencé.

Il est constant que madame la baronne de Feuchères était souveraine absolue au Palais-Bourbon et à Chantilly comme à Saint-Leu. Il est certain que dans les dernières années de la vie de Son Altesse rien ne se décidait que par elle ; que c'était par elle que les officiers de sa maison étaient choisis ou placés, ou du moins qu'ils ne pouvaient être admis qu'avec son agrément.

" *Mettez-vous bien avec elle,*" était sa réponse à toutes les candidatures ; et lorsque, gémissant lui-même sous le poids d'un joug dont il ne se dissimulait pas toujours le malheur, il considérait sa position, il disait : " *que voulez-vous ? Je subis la puissance d'un attachement que je ne puis pas vaincre.*" Et quelquefois son esclavage se retraçait par des images qui ne manquaient pas de justesse et de vivacité.

Poursuivons notre examen de la conduite de madame de Feuchères.

Elle avait conçu pour madame la comtesse de Rully une haine qui remontait à des temps éloignés. Il paraît qu'à l'époque de l'installation de M. et madame de Feuchères au Palais-Bourbon, ils se présentèrent tous deux chez madame le comtesse de Rully pour lui remettre une lettre du Prince de Condé. Madame de Rully ne put pas les recevoir, et voici comment madame la baronne de Feuchères rendit compte de cette circonstance dans une lettre qu'elle adressa au Prince, qui était alors à Chantilly :

La lettre est du 12 février 1819.

" Après avoir attendu quelques minutes dans l'antichambre, un domestique est venu me dire que Madame s'habillait pour sortir, et qu'elle ne pouvait pas nous recevoir. J'ai laissé la lettre avec une carte de visite."

C'était un mauvais début. La position de madame de Feuchères, appréciée par M. et madame de Rully, amena des difficultés d'un autre ordre. M. le comte de Rully ne trouva pas convenable que sa femme fît sa société de madame de Feuchères, et s'assît à la même table qu'elle; et voici comment il s'en exprima dans des conversations qu'il eut à ce sujet avec M. de Gatigny, qui a fixé par écrit les résultats de ces entretiens :

" Sans vouloir rappeler ici rien qui puisse blesser Monseigneur ni aucune des personnes auxquelles il s'intéresse, M. de Rully prendra la respectueuse liberté de dire que ni son intérêt, ni son honneur, ni le respect qu'il doit au Roi ne lui permettent de faire ce que Son Altesse désire, la délicatesse seule l'empêchant; et à cet égard, le comte de Rully ne craint pas d'en appeler à celle de Monseigneur, éclairé et de sang-froid."

C'était là tout le crime de M. de Rully, et c'en était un impardonnable aux yeux de madame de Feuchères, qui ne négligea rien dans sa correspondance pour imposer au Prince l'éloignement de

G G

M. de Rully, comme une sorte de devoir envers lui-même.

" Il n'y a que les Rully, dit-elle dans une lettre datée d'Aix en Savoie, 5 septembre 1824, il n'y a que les Rully qui persistent dans leurs sottises et leur ingratitude ; cela me fait mal chaque fois que j'y pense, et je prie Dieu de leur rendre à tous deux un meilleur cœur, sinon pour moi, au moins pour mon *poor dear.*"

" Vous êtes le meilleur de *tous les hommes,* souvent même vous êtes trop bon ; je vous demande, au nom de mon affection, d'avoir de la fermeté dans la *grande affaire.* Votre dignité est compromise devant trop de monde."

Le succès couronna ses efforts ; M. de Rully perdit sa place de premier gentilhomme près du Prince. Ce n'était pas assez pour Sophie Dawes, il fallait encore qu'il fût dépouillé de sa position d'aide-de-camp : le but principal de ses efforts, c'était l'expulsion absolue, qui présentait une difficulté parfaitement exprimée dans cette lettre de M. de Rully, à M. le duc de Bourbon :

" Monseigneur, je supplie votre Altesse Royale de daigner réfléchir que je ne tiens pas seulement la place d'aide-de-camp que j'ai l'honneur d'occuper près de votre personne, des bontés de Monseigneur, mais aussi de celles du roi, qui m'a nommé à cette place par une ordonnance spéciale ; en conséquence, il m'est absolument impossible de sacrifier l'existence de ma femme, et d'abandonner ma carrière militaire, sans un ordre particulier de Sa Majesté."

Le Prince sentit la justesse de cette observation, et c'est ici que se présente le fait suivant :

Son Altesse ayant une grande répugnance pour cette nouvelle exigence de madame de Feuchères, engagea le baron de Saint-Jacques à l'accompagner chez elle, en lui recommandant de soutenir les intérêts de M. de Rully. Sur les observations faites par le Baron, en présence de Monseigneur, madame de Feuchères se mit dans une fureur épouvantable, et se retira en pleurant dans un cabinet voisin, après avoir injurié M. de Saint-Jacques de la manière la plus grave ...... Le duc de Bourbon vint alors vers lui, et lui dit : *" Mon cher Baron, ne lui dites plus rien ; si vous saviez comme elle me traite ; elle me bat !"* ...... Il alla ensuite trouver madame de Feuchères, et lui représenta de nouveau que les observations de M. le Baron lui paraissaient justes ; mais comme elle se montrait de plus en plus en courroux, il lui dit : *" Eh bien ! je ferai ce que vous voudrez."*

Il fut convenu alors qu'il écrirait au ministre de la guerre pour demander la révocation de M. de Rully. Ce fut madame de Feuchères qui dressa elle-même le brouillon de la lettre et qui le lui fit copier.

Certes dans un pareil fait, l'on reconnaît l'empire absolu qu'elle exerçait sur l'esprit du Prince, et qu'elle était certaine, par des scènes de désespoir et de violence, de lui faire souscrire les choses les plus contraires à ses sentiments personnels.

Autre fait :

Le dimanche suivant, un personnage important arrive dans le salon, un peu avant Son Altesse. Il représente à madame de Feuchères que l'on a vu avec peine le Prince demander la révocation de la place de premier aide-de-camp que remplissait auprès de lui M. le comte de Rully, après l'avoir dépouillé de la place de premier gentilhomme.

"Entendant parler de M. le comte de Rully, dit M. de Saint-Jacques, je prêtai une oreille attentive, et j'entendis très distinctement madame de Feuchères dire : *" Ah ! Monsieur, que m'apprenez-vous là ? .... Si vous saviez combien cette affaire m'a fait verser de larmes ! ...... Je me suis jetée aux genoux du Prince pour l'en détourner, et n'ai pu rien obtenir."* Je n'ai pu alors m'empêcher de m'écrier, ajoute M. de Saint Jacques : *quelle horreur !*

SCENE DE LA FAISANDERIE.

James disait à madame de Feuchères en parlant du Prince :— *Oh ! il vivra encore longtemps !* — Elle répondit vivement : — *Bah ! il ne tient guère, aussitôt que je le pousse avec mon doigt, il chancelle ; il sera bientôt étouffé.*

Interrogée sur ce fait, elle répondit : " Je ne m'abaisserai pas à répondre à une pareille horreur qui fait frémir la nature, et je ne sais quel démon a pu suggérer une pareille déposition."

S'attaquant ensuite à Bonardel, elle ajouta :

" Ayant pris des renseignements sur la moralité du témoin Bonardel, j'ai appris qu'il passait généralement pour un très mauvais sujet, ayant encouru plusieurs fois la disgrâce du Prince, parce qu'il était ivrogne, et qu'on l'accusait de vendre du gibier."

Bonardel va répondre.

M. le Conseiller-Instructeur : — Etes-vous bien sûr d'avoir entendu tenir à M. James et à madame de Feuchères le propos que vous venez de rapporter ?

R. Oui, Monsieur, je l'affirme sur mon âme et conscience, comme j'affirmais, lorsque j'étais garde, les procès-verbaux que j'étais dans la nécessité de dresser. Pendant quarante-trois ans que j'ai rempli les fonctions de garde au service de Monseigneur, ou du gouvernement en son absence, tous les procès-verbaux que j'ai dressés ont amené des condamnations, parce que je les rédigeais en mon âme et conscience et avec tout le soin dont j'étais capable.

D. N'auriez-vous point contre madame de Feuchères ou M. le baron de Flassans quelques sujets de mécontentement, quelques motifs d'animosité ?

R. Non, Monsieur, je n'en ai jamais eu et n'en ai point encore.

D. Vous avez obtenu votre retraite : quelles en sont les causes ?

R. A la mort de Monseigneur, j'ai entendu dire que par son testament il avait assuré à ceux de ses serviteurs qui avaient plus de vingt années de service l'intégralité de leur traitement leur vie durant : j'avais quarante-trois ans de service et 750f. de gages ; on m'a dit que j'aurais 720f. de pension. On a mis à la retraite les plus anciens, et j'étais du nombre. Je n'ai pu l'attribuer à madame de Feuchères : c'était le résultat d'une mesure générale prise par l'administration.

D. Pourquoi n'avez-vous pas parlé dans le temps d'un propos aussi étrange ?

R Je me serais bien donné de garde d'en parler. Madame de Feuchères était tant aimée de Monseigneur, et exerçait dans sa maison un pouvoir si absolu, que si je m'étais avisé de laisser même entrevoir ce que je savais, j'aurais été chassé comme un gueux. D'ailleurs deux mois environ après, au mois de janvier 1828, Monseigneur m'a nommé brigadier de ses forêts dans le marquisat de Nointel, près Clermont (Oise). Ayant appris à la fin d'août, le samedi 28, la mort de Monseigneur et ayant eu l'occasion d'aller quelque temps après à Clermont chez M. de la Martinière, régisseur des forêts du Prince, j'ai connu les détails de sa mort ; et comme l'on disait que le Prince avait été étouffé, j'ai été frappé de la similitude de ce genre de mort avec le propos que j'avais entendu tenir à madame de Feuchères trois ans auparavant. C'est uniquement dans l'intention de rendre hommage à la vérité, et pour l'accomplissement du serment que je viens de prêter entre vos mains, que je fais la présente déclaration.

VIOLENCES DE MADAME DE FEUCHE-RES ENVERS LE PRINCE.

M. Bonnie rapporte que, le 5 mai, il vit la figure du Prince tout ensanglantée, accident qu'il expliquait par un coup qu'il se serait donné contre sa table de nuit. Le prince lui demanda s'il avait vu madame de Feuchères. — *Non, Monseigneur*, répondit-il.—*Si elle ne vous parle pas de cet accident ne lui dites rien.*— *Elle le sait donc ?*— *Oui, elle le sait.*

Madame de Feuchères était ce jour-là à Saint-Leu : elle en partit à onze heures ou midi ; elle se fit apporter à déjeûner dans son appartement.

Il ne sait d'ailleurs que ce que lui a dit le Prince.

Il a remarqué, outre la contusion, des empreintes d'ongles sur la partie de la face contiguë à l'œil. La plaie paraissait faite plutôt par un *coup d'ongle que par un corps contondant. Il y avait une excoriation à la peau du grand angle de l'œil.*

Lorsque M. Bonnie se présenta plus tard pour son service, on lui dit *que S. A. R. était en affaires avec M. Obry de Chantilly ;* mais il ne l'a pas vu.

Le prince, qui, comme on l'a vu, honorait son filleul Obry d'une confiance toute particulière, avait été abordé par celui-ci au moment où la scène venait à peine de se terminer. L'infortuné vieillard était dans le plus grand désordre ; son secret échappait avec les expressions de son ressentiment et de sa douleur : *madame de Feuchères est une méchante femme qui vient de me frapper !* Mais à peine cette parole fut-elle prononcée, que le filleul reçut une recommandation de la nature de celle qui fut faite à Chantilly au témoin d'une autre scène ...... *N'en parlez à personne ....* Obry ne fut pas discret ; il en parla à Chantilly à madame Gouverneur, et celle-ci à son mari ; il en a parlé même en présence de Pichonnier. Voici la déposition de madame Gouverneur :

" Dans les derniers jours de janvier dernier, M. Obry me dit que, quinze jours environ avant la mort du Prince, il avait été mandé à Saint-Leu pour faits relatifs à son service ; qu'il avait trouvé Monseigneur, de huit à dix heures du matin, dans le corridor qui précède son appartement, avec son simple caleçon, sans bas ni souliers, et avec l'extérieur d'une agitation très marquée ; que, s'étant permis d'en demander la cause à Monseigneur, le Prince lui confia que *madame de Feuchères était une méchante femme ; qu'elle l'avait frappé.* " Voyez, lui dit Monseigneur, en lui montrant son œil gauche d'où le sang coulait, et sa figure sur laquelle des ongles étaient empreints, voyez dans quel état elle m'a mis." — M. Obry a ajouté que ces mots : " *Madame de Feuchères est une méchante femme,*" sortirent plusieurs fois de la bouche du Prince, et qu'il lui avait défendu de rien dire de cette confidence."

L'on appréciera facilement toute la gravité de cette déposition. Comment madame Gouverneur aurait-elle imaginé à Chantilly cette explication de la contusion observée à Saint-Leu sur Monseigneur, précisément à l'époque indiquée par la déposition ?

Cette dame a raconté devant Pagnout ce qu'elle a appris d'Obry, et ce premier en a déposé.

Pichonnier a dit, en présence de plusieurs personnes, qu'*Obry lui avait fait le même récit qu'à la femme Gouverneur.*

Ainsi, voilà deux habitants de Chantilly qui racontent l'événement de Saint-Leu qu'ils peuvent difficilement avoir imaginé.

Ce sont là des faits spéciaux ; en voilà d'un autre ordre qui viennent les corroborer :

La pensée d'un testament, dans lequel les intérêts de madame de Feuchères se trouveraient liés
avec ceux de la Maison d'Orléans, et qui, sauf
quelques dispositions rémunératoires, épuiserait la
fortune du Prince, a été repoussée par lui avec
d'autant plus de force et d'énergie, qu'à part le
sentiment de répugnance et de répulsion que le
projet lui inspirait, c'était à ses yeux sa vie même
qu'il trouvait compromise, s'il consentait aux dispositions qu'on sollicitait de lui.

" *Une fois qu'ils auront obtenu ce qu'ils dési-
rent,* disait-il, *une fois que je leur aurai tout donné,
mes jours pourront courir des risques.*"

Sa répugnance pour ce testament était si grande
et si souvent manifestée, que M. de Surval avait
la conviction qu'il ne se réaliserait jamais.

Il avait été jusqu'à lui dire : " *Offrez à madame de Feuchères si elle veut me laisser tranquille à ce sujet, un de mes plus beaux domaines :
le duché de Guise.*"

Il a été remarqué que, dès qu'il s'occupait de
cette affaire, il n'existait plus de tranquillité pour
lui, et que la volonté qui lui était imposée, sous
peine de voir se renouveler sans cesse les plus
effroyables scènes, faisait le tourment de sa vie.

Ce fut au milieu de ces circonstances, et pour
se mettre, comme il le disait lui-même, à l'abri

des violences qui *faisaient un enfer de son inté-rieur*, que le malheureux Prince s'occupa de la rédaction du testament qui lui était imposé.

Comme il n'était encore ni signé, ni déposé, malgré les fureurs de madame de Feuchères, elle comprit la nécessité d'emporter, *par une dernière scène*, ce qu'elle considérait, avec raison, comme la conclusion de cette importante affaire.

Ce fut le 29 août au soir qu'elle voulut mettre le comble à ses turpitudes, et la scène qu'elle lui fit, ce jour-là, surpassa peut-être par sa violence toutes celles qui l'avaient précédée.

Effrayée elle-même de l'état d'exaspération dans lequel cette scène avait jeté le Prince, madame de Feuchères appela un témoin qui le trouva fort animé, les yeux enflammés et dans un état de colère et de crispation dans lequel on ne l'avait jamais vu. " *Oui, Madame,* disait-il, *c'est une chose épouvantable, atroce, que de me mettre le couteau sous la gorge pour me faire faire un acte pour lequel vous me voyez tant de répugnance ; eh bien ! Madame, enfoncez-le donc tout de suite ce couteau, enfoncez-le !!!*"*

Enfin, comprenant l'impossibilité d'une plus

---

* A la mort de madame de Feuchères, son mari refusa l'immense fortune que lui laissait sa femme, en disant : " *Ce sont des richesses trop mal acquises ; elles sont indignes de moi !*"

longue résistance, le malheureux vieillard laisse échapper du fond de son âme oppressée ce cri de détresse : " *Je vois bien qu'il faut en finir!* Dans tous ces faits, nous ne pouvons voir que les conséquences inévitables d'une douloureuse résignation .... la résignation d'une victime!........

M. de Surval dit dans une de ses lettres :

" Je ne m'occupai donc sérieusement de l'acte qui existe que quand, réduit aux abois, et n'ayant pu obtenir le rejet qu'il demandait avec tant d'instances, et que Mgr le duc d'Orléans sollicitait lui même pour lui, le Prince dit : " *Eh bien! il faut en finir et acheter, si je puis, la tranquillité du peu de jours qui me restent encore !* ...... Mais le combat qu'il lui a fallu soutenir pour arriver là, j'en ai été témoin, et moi seul sais qu'il fut *rude et terrible* ; ...... à un tel point qu'outré et navré de l'état dans lequel je le voyais, je m'échappai à lui dire : " *Mais, Monseigneur, puisque ce consentement vous met dans un état si déplorable, pourquoi consentez-vous ?.... Mgr le Prince de Condé, votre père, n'eût point eu cette faiblesse.*"—*Ah!* me répondit-il en laissant tomber sa tête sur ses mains, *ne mettez pas le comble à mon malheur!* Cette réponse me rendit muet et me fit regretter le reproche involontaire que je lui avais fait. Dès ce moment, *lui résigné,* je dus l'être moi-même et respecter *l'excès de son malheur !*"

Madame de Feuchères qui tenait beaucoup à faire croire qu'elle ignorait l'époque où le Prince avait testé, dit que le testament a été écrit après la lettre du 20 août, mais qu'elle ne se rappelait pas combien de temps après.

Le 29 août, nous l'avons dit, scène horrible pour emporter la signature du testament, et, le 3 septembre, lettre du duc de Bourbon à madame la duchesse d'Orléans, qui avait adressé ses remercîments sur ce que Son Altesse Royale venait de faire pour le duc d'Aumale.

Cette réponse fut écrite sous les yeux et avec le concours de madame de Feuchères, qui dès lors a su que la confection du testament se plaçait entre le 29 août et le 3 septembre. Comment donc osait-elle dire en parlant de la lettre du 20 août? " *Il a écrit son testament j'ignore combien de temps après.*" Elle ne l'ignorait pas, elle savait fort bien que c'était dans les treize jours qui ont suivi cette lettre.

EXTRAITS TEXTUELS PRIS DANS L'EXCELLENT OUVRAGE :

HISTOIRE DE DIX ANS,

PAR M. LOUIS BLANC.*

De son côté, le roi instruit vers les onze heures et demie de l'événement (la mort du Prince de Condé) avait envoyé à Saint-Leu M. Guillaume, son secrétaire, MM. de Rumigny, Pasquier, de Sémonville et Cauchy. Quoique héritier du sang, Louis de Rohan ne fut point prévenu et n'apprit que par les journaux la mort du Prince, dont un testament ignoré lui avait enlevé l'héritage.

. . . .

. . . .

Après cet événement, madame de Feuchères quitta précipitamment Saint-Leu, et se rendit au

---

* Tome 2, pages 60, 68, 69 et 71.

Le récit qu'on va lire ne s'appuie pas seulement sur une confrontation attentive des divers témoignages fournis par une longue enquête judiciaire, il s'appuie aussi sur des documents officiels et des papiers authentiques qu'on a bien voulu nous communiquer.

Palais-Bourbon poursuivie, par d'étranges pensées.
Durant quinze nuits, elle fit coucher l'abbé Briant
dans sa bibliothèque, et madame de Flassans dans
sa propre chambre, comme si elle eût craint que
quelque image funèbre ne vînt se lever devant elle
dans la solitude des nuits. Mais bientôt, revenue
de son émotion, elle se montra confiante et résolue.
Depuis longtemps elle jouait à la Bourse, sur un
capital énorme : elle donna suite à ses opérations,
et, dans l'espace de quelques mois, elle se trouvait
avoir gagné des sommes considérables.

. . . .

. . . .

Le 4 septembre, le cœur du duc de Bourbon fut
porté à Chantilly. L'abbé Pelier, aumônier du
Prince, assistait au service funèbre. Il parut portant le cœur de la victime dans une boîte de ver-
meil et prêt à prononcer les paroles de suprême
adieu. Un silence morne régnait dans l'assemblée. Chacun était dans l'attente. L'impression
fut profonde, immense, lorsque d'une voix solen-
nelle l'orateur sacré laissa tomber ces mots : *"Le
Prince est innocent de sa mort devant Dieu !"*

. . . .

. . . .

Pour étouffer les bruits dont l'injure osait monter jusqu'au gouvernement, un moyen décisif s'of-

frait au Roi. Répudier une succession à ce point
ténébreuse, n'eût certes pas été au-dessus de son
pouvoir; et par là il eût honoré son avènement et
humilié ses ennemis. Mais Louis-Philippe envi-
sageait autrement les intérêts de sa naissante
royauté. On l'avait vu, à la veille d'occuper le
trône, faire passer hâtivement sur la tête de ses
enfants, ses biens qu'il ne voulait pas, selon l'anti-
que loi de la monarchie, réunir au domaine de
l'Etat. C'était assez dire que, sous son règne, le
mépris de l'argent ne serait point la vertu domi-
nante. Il songea donc uniquement, bien que le
plus riche souverain de l'Europe, à faire régir
d'une manière fructueuse les nouveaux domaines de
son fils.

De là, pour les hommes du pouvoir, la nécessité
d'assurer une protection à madame de Feuchères,
dont nous avons raconté les scandales. La Baronne fut invitée à la Cour, et y reçut un accueil
dont, le lendemain, tout Paris s'entretenait avec
stupeur. Les cris de l'opinion rendant une enquête
inévitable, une instruction fut commencée à Pontoise dans le mois de septembre, mais rien ne fut
négligé pour assoupir l'affaire. Le Conseiller-
rapporteur, M. de la Huproie, se montrait résolu
à trouver la vérité ; *on le mit soudainement à la
retraite*, et la place de juge qu'il désirait depuis

longtemps pour son gendre lui fut accordée. Le dossier passa en d'autres mains.

. . . .

. . . .

DEPOSITIONS DES PRINCIPAUX TEMOINS.

M. Bonnie :

" Je dois ajouter que lorsque j'ai vu le cadavre du Prince, la langue ne dépassait pas le bord des lèvres ; que la bouche n'était entr'ouverte que peu ; que les yeux étaient fermés, et que, dans le cas où il aurait été suspendu vivant, la langue aurait été entièrement hors de la bouche, qui eût été grandement ouverte, et les yeux eussent été ouverts et grandement hors de leur orbite, et la conjonctive injectée de sang et boursoufflée."

ECHETTE :

" Ce qui me donne spécialement cette conviction (celle de l'assassinat), c'est la situation dans
laquelle j'ai vu le Prince.   On remarque généralement que les personnes qui se pendent ont la
figure noirâtre et violette, les yeux sortis des or-
bites, et la langue hors de la bouche : la figure du
Prince était seulement pâle, les yeux étaient fermés, la langue ne sortait pas de la bouche ; mais
seulement poussait un peu les lèvres."

ROMANZO :

" La tête était penchée sur la poitrine ; la figure
pâle, les yeux entièrement fermés.   La langue
poussait les lèvres, mais ne sortait pas de la
bouche : les lèvres étaient noires.   J'ai voyagé en
Turquie et en Égypte ; j'y ai vu plus de cent pen-
dus, et *j'ai été singulièrement frappé de la diffé-*

rence qui existait entre eux et le Prince. J'ai toujours remarqué que leur figure était noire, le sang ayant monté à la tête ; que leurs yeux étaient ouverts, et que la langue sortait hors de la bouche et était pressée par les dents ; j'ai également remarqué que dans ce pays on emploie un nœud coulant pour ce genre de mort."

FRANÇOIS :

" Je suis entré le quatrième dans la chambre mortuaire. M. Bonnie, Manoury et Lecomte y étaient. J'ai vu le Prince, *attaché plutôt que pendu......* La bouche demi-ouverte, la langue repliée intérieurement entre la lèvre supérieure qu'elle repoussait, et les dents."

Ainsi, sur cent témoins, deux à peine, guidés par un sentiment d'intérêt tout personnel, ont paru croire au suicide. C'est la proportion exacte et vraie de l'opinion publique ; et nous ne craignons

pas qu'un seul homme se lève et nous crie : " *Vous
êtes un calomniateur !* "

Oui, nous le disons avec force :

*On doit croire à l'assassinat, parce que c'est la
seule explication possible d'une mort que le suicide
n'explique pas.*

Telle est notre conviction ; et narrateur fidèle
d'un crime odieux, nous appelons sur la tête des
assassins du Prince, les malédictions de la France
et de la postérité.

FIN.